RUDY RAFAEL
CASTILLO MIRABAL

LA CONSPIRACION CONTRA UNA
ENERGIA REVOLUCIONARIA

RESUMEN

FUSION FRIA

La conspiración contra una energía revolucionaria.

Una novela hipotética, basada en hechos reales, donde el autor recrea episodios de acción, en el cual, investigadores logran un descubrimiento que consolida, que una tecnología desprestigiada de fusión atómica, surja exitosamente, debiendo, en ese proceso enfrentarse a intereses de grandes corporaciones supranacionales...

¡Una vez que inicias su lectura quedas enganchada en ella!

"La Fusión Fría", como originalmente se llamó a los resultados expuestos por los doctores Martin Fleischmann, de la Universidad de Southampton, y Stanley Pons, de la Universidad de Utah fue una línea de Investigación que como una pastilla efervescente en un vaso de agua, generó en 1989 una conmoción mundial a nivel científico, para luego caer en total descrédito llegándose a establecer como "Ciencia Fraude" y como un ejemplo de lo que no se debe hacer en la ciencia. Ya que sin el aval de árbitros calificados y sin una total certificación de reproducibilidad, se dieron declaraciones a la prensa de un descubrimiento que prometía cambiar la tecnología mundial. Por supuesto, los medios de comunicación de todo el mundo se hicieron eco inmediatamente de la sensacionalista noticia. Así en el diario "The New York Times", afirmaban que se había logrado la fusión nuclear "...en un tubo de ensayo tan simple que podría ser construido en cualquier laboratorio de Química".

El revuelo generado con los comentarios de prensa fue mayúsculo, ya que inmediatamente se evidencio el enorme contraste entre este experimento y las grandes inversiones de miles de millones de dólares, que con más de cuarenta años de investigación se habían ejecutado en proyectos de la fusión caliente con resultados muy cuestionados por los medioambientalistas debido a los altos consumos energéticos, pasivos ambientales y peligros asociados.

Este invento, de concretarse permitiría una fuente de energía atómica barata, inagotable y mucho más limpia que la fusión en caliente y también de la obtenida de la fisión nuclear utilizada en los actuales reactores nucleares; la cual, utilizada a escala industrial, podría satisfacer las cada vez más altas demandas energéticas mundiales. La energía LERN o "Fusión Fría" dejaría obsoleta salas centrales nucleares convencionales basadas en la fisión, contrarrestaría las grandes inversiones en los proyectos de soles artificiales de los proyectos tipo ITER y minimizaría al máximo el uso de derivados del petróleo. Pero a medida que pasaban las semanas y meses los laboratorios, universidades y científicos que apresuradamente se abocaron a estas investigaciones empezaron a ofrecer en su gran mayoría, datos negativos al tratar de replicar los experimentos, acabando finalmente por echar por tierra o calificando de fraude la Fusión Fría, llegando a concluir que los resultados eran erróneos.

Fleischmann y Pons, ante la abrumadora evidencia y críticas, no estuvieron a la altura de explicar las circunstancias que rodeaban la baja o nula posibilidad de replicar el fenómeno por ellos expuesto, y el por qué algunos de los experimentos que se hicieron en otros laboratorios no fueron buenos o reproducibles

En esta historia, se recrea un relato de acción que plantea una hipótesis científica que en el siglo XXI volvería a poner en el tapete mundial el proceso de Fusión Fría, ambientándola en una conspiración que hipotéticamente se generaría al tratar, el Nuevo Orden mundial, de adueñarse de esta tecnología. La historia de ficción expone intrigas y la eterna lucha entre el bien y el mal... la lucha por consolidar energía limpia y de bajo costo contra el negocio y control de los recursos energéticos que la humanidad necesita.

CAPITULO I

Un Nuevo Despertar

Esa mañana, Rodolfo Castello, se levantó con gran ánimo, su semblante era aún jovial y de ánimo, había saltado prácticamente de la cama. Estaba ya de pie y avanzando con una energía inusual hacia la sala de baño sin la necesidad habitual de sentarse en el borde de la cama y de estirar sus brazos bostezando... ¡Hoy parecía estar sobre estimulado!

Estaba seguro que eso tenía que ver con la energía positiva que acumuló y que le proporcionaron los últimos ensayos en el laboratorio que realizó la semana anterior... ¡Los resultados confirmaron todas sus hipótesis!, y más allá de eso...le abrieron tal potencial de expectativas, de posibilidades y de nuevas dudas sobre el trabajo de investigación que realizaba que no veía el momento de continuar con la fase experimental para lo cual necesitaba de un laboratorio de Electroquímica con mayor equipamiento y de ser posible con equipos sofisticados de análisis espectral químico y físico en línea, por un lado...pero por otro lado por la evaluación exhaustiva de varias muestras de estos últimos ensayos, con técnicas de Microscopía Electrónica y Difracción de rayos X. Por eso, justamente era que se había dirigido a su Centro de formación Universitario, donde culminó su doctorado.

Estaba en pijama, aunque sólo con los pantalones, ya que su dorso estaba desnudo. Su cuerpo varonil resaltaba entre las blancas baldosas. Tenía treinta y nueve años, pero aparentaba menos, su cabello aunque lacio presentaba pequeñas ondulaciones y el inicio de ciertas canas que destacaban en el color muy negro de sus cabellos sobre su blanca tez. Su fisonomía era el típico genotipo de un hombre latino, producto de una mezcla de genes de europeos con criollos venezolanos...ojos castaños, rostro bien perfilado y atractivo.

Rodolfo observó su imagen reflejada en el espejo del mueble ubicado justo sobre el lavamanos, procedió con relativa rapidez a tomar el cepillo dental al cual luego de colocarle el dentífrico y humedecerlo introdujo en su boca para su limpieza dental. Mientras hacia este proceso de higiene, detallaba bien su blanca dentadura. Ya estaba por finalizar, cuando empezó a sonar con insistencia la alarma de su celular. Su seño en el espejo reflejo sorpresa. No recordaba haber puesto una señal de alarma, así que aceleró el enjuague de su boca y rápidamente, luego de lavarse su cara, procedió a secarse para tomar su equipo portátil.

Tomó el celular y procedió a examinar la naturaleza de la alarma. En efecto había un recordatorio establecido justo para ese día. ¿Cómo pudo haberlo olvidado?... ¡Tenía la conferencia con su tutora de Doctorado en una hora¡... En ese momento recordó que ella, la Doctora Olga Márquez, había insistido en tener una charla exploratoria con él, para aclarar algunos aspectos que aún estaban no muy claros para ella y sobre los cuales tenía dudas.

Pensó... "La doctora tenía sobradas razones para estar inquieta.

Primero... Este tema de investigación en que él se había involucrado, era un terreno que con sobradas razones era considerado "arenas movedizas" para cualquier investigador serio del área de la Física, la Química y la Electroquímica.

Segundo...había precedentes que de alguna manera vinculaban a los doctores, Olga y James Márquez con estas experiencias... ya que ellos eran graduados de la Universidad de Southampton, lugar de donde eran los investigadores más vinculados a esa temática"

El tema de investigación que adelantaba el Doctor Castello era "La Fusión Fría", como originalmente se llamó a los resultados expuestos por los doctores Martin Fleischmann, de la Universidad de Southampton, y Stanley Pons, de la Universidad de Utah.

Esta línea de Investigación cayó en el descrédito a raíz del suceso ocurrido hace 30 años, quizás como afirmaban mucho, dando un claro ejemplo de cómo no se tienen que hacer las cosas en ciencia y es que el 23 de marzo de 1989, la Universidad de Utah emitía un comunicado de prensa anunciando que en esa institución, dos prestigiosos investigadores de la Química, habían logrado realizar...un experimento en el cual se observa la fusión nuclear en forma sostenida".

También se decía que este descubrimiento pronto daría lugar a una nueva tecnología capaz de generar calor y energía a muy bajo costo."

Los principales críticos de la Ciencia exclamaron, luego de lo ocurrido, que los químicos Fleischmann y Stanley Pons, en vez de emplear los canales habituales para confirmar un descubrimiento, como lo era normalmente exponer en una revista científica de reconocido prestigio, con árbitros que revisarían el resumen científico, citaron en Salt Lake City a los periodistas a una conferencia de prensa donde dieron a conocer cómo lograban, en un experimento muy sencillo fusión atómica mediante un procedimiento al que denominaron "Fusión Fría".

Por supuesto, sin el aval de árbitros calificados, los medios de comunicación de todo el mundo se hicieron eco inmediatamente de la sensacionalista noticia. Así en el diario "The New York Times", afirmaban que se había logrado la fusión nuclear "...en un tubo de ensayo tan simple que podría ser construido en cualquier laboratorio de Química".

En realidad la inversión e infraestructura utilizada fue muy simple. Utilizaron poco dinero -alrededor de unos 100.000 dólares de la época - y un laboratorio con rudimentarios instrumentos: dos baterías de automóvil, una lata de aceite, un barreño de supermercado debajo de un grifo y otro balde lleno de agua que a su vez sirvió de soporte a un instrumento similar a una pila eléctrica.

El revuelo generado con los comentarios de prensa fue mayúsculo ya que inmediatamente se evidenció el enorme contraste entre este experimento y el gigantesco proyecto de la fusión caliente con inversiones de miles de millones de dólares con más de cuarenta años de investigación, que ya para esa época tenía éxito relativos debido a los altos consumos energéticos, pasivos ambientales y peligros que involucraba.

Sin embargo, animados por el boom publicitario y el inicial respaldo de la Universidad, la competencia que siempre existe entre grupos científicos aunado al lógico interés comercial y de supremacía entre potencias por dominar esta nueva y barata forma de energía, impulsaron inmediatamente que muchos laboratorios de diversas partes del mundo iniciaran una carrera frenética por evaluar esta noticia científica proporcionada por Fleischmann y Pons, que podría revolucionar el potencial energético del mundo.

Pero a medida que pasaban las semanas y meses los laboratorios, universidades y científicos abocados a estas investigaciones empezaron a ofrecer en su gran mayoría, datos negativos al tratar de replicar los experimentos, acabando finalmente por echar por tierra o calificando de fraude la Fusión Fría llegando a concluir que los resultados eran erróneos.

Fleischmann y Pons, ante la abrumadora evidencia y críticas, no estuvieron a la altura de explicar las circunstancias que rodeaban la baja o nula posibilidad de replicar el fenómeno por ellos expuesto, y el por qué algunos de los experimentos que se hicieron en otros laboratorios no fueron buenos o reproducibles.

"Bueno"...pensó Rodolfo Castello, cortando su línea de análisis y pensamiento y procediendo a agilizar su preparación para salir hacia el encuentro con su amiga y tutora..." Debo apurarme... creo que esta conversa será muy importante para enfocar mi trabajo actual y definir otras estrategias al particular.

◆ ◆ ◆

La Doctora Olga Márquez conversaba con su esposo mientras este conducía su camioneta hacia las instalaciones donde se encontraba el Centro de Investigación y Desarrollo que ellos habían consolidado.

—James... —dijo ella de manera un tanto despreocupada —¿Qué opinas sinceramente del resumen y la propuesta de asociación investigativa que nos envió Rodolfo Castello?

Su esposo, la miró e internamente se puso en alerta, tenía años conociendo a su esposa y la conocía como la palma de su mano. Esa pose de despreocupación era una mascarada...era una forma de no evidenciar la multiplicidad de pensamiento que pasaban por su mente. Así que actuó en consecuencia.

— Amor... Rodolfo Castello, fue nuestro primer graduado en el programa de Doctorado en Química Aplicada que hace ya 25 años iniciamos en nuestra Facultad... ¿Qué te puedo decir, que tú no sepas?

...la miró y vio que ella no se había perturbado para nada. Evidentemente quería que él se extendiera en su análisis, así que continuó...

— Todavía recuerdo cuando recibimos, hace 24 años atrás, su expediente y solicitud para optar a nuestro programa, trabajaba en un centro de Investigación de la Siderúrgica Nacional, era un Ingeniero Metalúrgico con especialización y Maestría...su perfil era interesante, aunque no cuadraba totalmente con el perfil de los participantes que teníamos para ese momento. Recuerdo que yo te alerté sobre la falta de dominio que él pudiese tener de la Química Pura... pero coincidí contigo, en ese momento, que era una alternativa válida para impulsar la Electroquímica Aplicada y así introducir al grupo de aspirantes que teníamos un profesional que causara cierto ruido y quizás otro enfoque a nuestras líneas de formación e investigación.

Sin esperar respuesta continuó con su exposición...

— Querida tu olfato no te falló en ese entonces y no creo que te falle ahora. La temática de Investigación y asociación científica que nos propone Castello es arriesgada, pero él tiene un potencial que ha demostrado ser muy valioso. A diferencia de muchos investigadores a los que conocemos, él juega muy bien a interaccionar la Electroquímica con los Materiales y la Ciencia Aplicada para evaluar desde múltiples ángulos sus experimentos. Sus trabajos, posteriores a su grado como Doctor en Electroquímica Aplicada, le han dado gran renombre nacional e internacional con trabajos de investigación aplicada, muy relacionados con la metalurgia y los materiales de ingeniería.

La miró detenidamente...sabía que iba en la dirección correcta así que añadió un comentario — Olga, creo que debemos apostar y apoyar la propuesta tecnológica de Rodolfo. Fíjate que curiosamente unos de los investigadores, lamentablemente ya muerto, y quien era de profesión ingeniero en materiales, se arriesgó a seguir con experimentos de Fusión Fría, logrando enormes y sorprendentes resultados fue el japonés Yoshiaki Arata, catedrático emérito de la Universidad japonesa de Osaka. Fíjate que según entiendo él modificó el cátodo tal y como lo está haciendo Rodolfo Castello con sus actuales experimentos. Arata, antes de morir, demostró que había que dejar de ubicar a la Fusión Fría como Ciencia Fraude.

James mostró un súbito arrebato de emoción — ¡Es más cariño!... Creo que debemos involucrarnos más en su trabajo... Es cierto... ya estamos jubilados, ya no direccionamos frontalmente el Centro de Electroquímica, pero nuestra voz tiene un gran peso específico en la comunidad científica que gravita allí y que en gran medida ha sido producto de años de nuestro esfuerzo...

Olga le sonrío... — James... sabes decir lo que quiero oír — Internamente su imaginación se concentró en los recuerdos asociados a cómo afectó el fracaso y descrédito de la Fusión Fría en ese momento a su escuela de Southampton, debido a que el doctor Fleischmann era un *"professor"* emérito de esta Universidad. Nunca se entendió qué pudo haber pasado... La meticulosidad y rigurosidad científica que se inculcaba allí no correspondía con los errores que se habían revelado en las experiencias de la Fusión Fría. Ellos conocieron personalmente a ambos investigadores, más a Pons que a Fleischmann, pero sabían de la capacidad y dominio profesional que ambos tenían.

Recordó los comentarios que llegaron en esa época a los pasillos de la escuela... y que eran tema de burla de investigadores de otras Universidades... Supuestamente, según las malas lenguas, Fleischmann que estaba haciendo trabajos y estadías en la Universidad de Utah en los Estados Unidos, convenció a su colega Stanley Pons alrededor de una botella de whisky de los pormenores de un nuevo experimento que él tenía en mente para desafiar a los gigantes 'goliaths' de la física inglesa y norteamericana.

Para ella, definitivamente, la estrategia que ellos emplearon no les resultó... pensó "Goliath pudo mucho más que David..."

Hasta donde ella sabía decidieron ir directamente a la prensa convencidos que la promoción publicitaria del su novedoso descubrimiento...el lanzar al mundo la importancia de una tecnología limpia, barata, sustentable que podría estar fácilmente al alcance de todos... quizás podría hacer que todas esas presiones que ellos ya estaban sintiendo sirvieran de muro de contención a tantos intereses que tenían en contra. ¡¡¡ Craso error!!! Había tantos intereses y recursos en juego y sectores que sin escrúpulos direccionan a los medios de comunicación con desinformación y que tienen mucho dinero y poder para frenar a todo los que ellos no pueden dominan, controlar o que afecta a sus intereses.

Inicialmente les funcionó...la noticia revolucionó al mundo, pero luego fue un bumerang... Los poderosos sectores a quienes se enfrentaban iniciaron con descrédito, engaño, compra de "críticos expertos" que los ridiculizaron...llegaron inclusive, como lo denunció posteriormente el famoso relator científico

Eugene Mallove, a que en el famoso Instituto Tecnológico de Massachusetts MIT- por sus siglas en inglés – ciertos sectores, realizaran un trabajo para ocultar evidencias y desmeritar los resultados expuestos de la Fusión Fría.

Eugene Mallove, encontró con que se habían falseado los informes y gráficos que mostraban la viabilidad de este tipo de creación energética. Según él investigó la causa fue las presiones de instituciones particulares y gubernamentales que no les interesaba para nada esta tecnología realmente barata y puede decirse que muy económica e ilimitada forma de generar energía. Él, basado en estos hechos, renunció al cargo que ocupaba en esa prestigiosa institución y se convirtió en un defensor y promotor de investigaciones en ese campo, hasta que fue brutalmente asesinado de manera curiosa y sospechosa.

Mallove decía…. *"La física es libre y en ocasiones se adentra en territorios aparentemente acotados a causa de los intereses de unos pocos que no van a renunciar a sus actuales beneficios. En numerosas ocasiones pese a los resultados favorables se desestiman con facilidad proyectos viables por no ser rentables económicamente para las multinacionales o los intereses de unos pocos."*

— Estás muy callada Olga — le dijo su esposo interrumpiendo su línea de pensamientos.

—Seguro que estás pensando en cómo los trabajos de Energía limpia por fusión nuclear a baja temperatura han sido frenados… ¿o me equivoco? — Continuó James.

—Así es — le dijo ella, mirándolo de soslayo y entornando los ojos. — Hemos hablado de esto en otros momentos…y es que no dejo de ratificar el poder de los grandes intereses y también el papel de algunos colegas científicos que terminan siendo como los jueces que obligaron a Galileo a negar en público sus cálculos y evidencias de que la tierra se movía alrededor del Sol.

—Olga, tú muy bien sabes que a nivel mundial…la mayoría de los científicos requieren recursos para poder avanzar con sus inves-

tigaciones... ¡Es como un Bozal!, con el cual te controlan inicialmente...pero luego, si eres perseverante y desarrollas de manera
exitosa algo que va contra los intereses del sistema, siempre existe la posibilidad, primero de que te quieran "comprar", y si no
aceptas el bozal o la zanahoria...utilizarán el látigo o...el garrote
— James siguió mientras manejaba y direccionaba el vehículo. Ya
casi estaban por llegar a su lugar de destino en la universidad.

Continuó James — En el caso de nuestros conocidos Fleischmann
y Pons ellos tuvieron muchos elementos en contra, primero que
nada un gran descubrimiento La "Fusión Fría" o LENR, "reacción
nuclear de baja energía" o CANR '"reacción nuclear asistida quím-
icamente"...como ahora es más recomendable llamarla, para
evitar las connotaciones negativas relacionadas con el nombre
original. Este invento permitiría una fuente de energía atómica
barata, inagotable y mucho más limpia que la fisión utilizada
en los actuales reactores nucleares; la cual, utilizada a escala industrial, podría satisfacer las cada vez más altas demandas energéticas mundiales. La energía LERN o "Fusión Fría" dejaría obsoleta salas centrales nucleares convencionales basadas en la fisión,
contrarrestaría las grandes inversiones en los proyectos de soles
artificiales de los proyectos tipo ITER y minimizaría al máximo
el uso de derivados del petróleo.

James continuó con sus argumentos, que evidenciaban que había
analizado bien la propuesta de Castello...

— Para evitar que este descubrimiento se hiciera realidad, los
científicos que tercamente han seguido todos estos años en esa
línea de investigación no reciben mucha ayuda institucional
al respecto. Las investigaciones suelen ser con financiaciones
particulares, o por empresas y corporaciones. Y sabemos que muchos de estos científicos son exiliados y desprestigiados como
Fleischmann que terminó con mal de Parkinson, abandonado en
su retiro forzado en la campiña inglesa, al igual que Pons, que
se dedicó a negocios propios hasta su retiro en Francia. Allí está
Luis Álvarez que recibió el premio Nobel por otros descubrimien-

tos y quien descubrió accidentalmente la denominada "fusión en frío inducida por muones"... Él terminó desmereciendo o minimizando este trabajo. Por supuesto hay que mencionar a Eugene Mallove, quién finalizó asesinado, unos días antes de enviar una nota donde afirmaba que había logrado evidencias impactantes en esta línea de investigación.

Olga afirmaba con su cabeza lo expuesto por su esposo — ¡Demasiados intereses! Si la fusión en frío se hubiera desarrollado, seguro tendríamos hoy dispositivos portátiles como el que usa en las películas "Iron Man" en su armadura, de fácil construcción y baratos. Tendríamos fuentes generadoras de energía cuyo combustible fuese con agua pesada o con agua de mar y cuyos residuos fuesen helio, que producirá energía de fusión sin riesgo de contaminación ambiental que se trasformaría a través de un fluido en energía eléctrica para consumo humano e industrial, a un precio prácticamente nulo. ¡Energía para todos y para siempre!. Con esta energía a disposición de todo el mundo, se provocaría el cambio de la humanidad a una nueva civilización donde todos los vehículos, computadoras, equipos de comunicación, robots, funcionarían por mucho tiempo sin necesidad de recargas continuas de combustible o de cargas energéticas.

James añadió ya estacionando el auto —El gran problema que esperamos podamos resolver, es que los resultados hasta ahora, no han sido reproducibles siempre de manera constante... Es como si...la naturaleza estuviera jugando al escondite... Hay piezas en el tablero de juego que aún no dominamos en su totalidad. Esperemos que las teorías y experimentos que Castello nos expondrá en unas horas ayuden a avanzar en atar los cabos sueltos.

Los esposos suspiraron al unísono y se bajaron de la camioneta rumbo al Centro de Investigaciones que ellos habían consolidado.

Jhon Díaz Barragán se movía como pez en el agua en la región andina. Él había nacido en una zona montañosa de Colombia relativamente cercana a la Ciudad de Mérida de los Andes venezolanos. A pesar de los años que estuvo fuera de esa región, en diferentes lugares de latinoamérica nunca dejó de recordar con cariño esos tiempos. Fueron sus años de estudiante de Ingeniería donde empezó a involucrarse con movimientos financiados por el gobierno que pagaban muy bien por información sobre las organizaciones de izquierda que hacían vida en la universidad.

Su vida nunca había sido fácil, su infancia la vivió en un pueblo de campesinos donde la vida se desarrollaba entre personas como sus padres, agricultores que estaban en el último eslabón de la cadena y que trabajaban muy duro para recibir de los comerciantes locales pingües ganancias. A pesar de ello, con esfuerzo, pudo estudiar y llegar inclusive a la universidad.

Por supuesto que debió convivir y aprender a sobrevivir con las intrigas y luchas de los cuatro sectores poderosos que enfrentados formaban parte de los depredadores que eran parte del paisaje local. Por un lado, con mayor número de miembros estaban los paracos o contras y los guerrilleros o "Fuerzas de Liberación nacional", que luchaban entre sí por reclutar "carne fresca" para sus filas. Estos sectores eran organizaciones pseudomilitares que se valían de psicoterror y de violencia explícita para captar jóvenes que debían seguir sus directrices para imponer por la fuerza un dominio del territorio. Por el otro lado estaban dos sectores de poder entrelazados. Los narcotraficantes y el sector político – militar colombiano que eran organizaciones piramidales gobernadas por pequeños grupos élite que manejaban ingentes recursos, producto de negocios ilícitos y pseudolícitos. Entre ellos había una simbiosis y un equilibrio establecido a fuego vivo en la sociedad a nivel nacional e internacional. Esta simbiosis y equilibrio permitía que las grandes cantidades de recursos que manejaba el negocio ilegal de las drogas fueran "lavadas" y vinculadas a negocios lícitos que controlaba el gobierno nacional e internacional. Para que este gran negocio se mantuviera, se requería mantener el "status quo". Allí había entrado él.

La formación, vivencias y entrenamiento que recibió con los paracos en el manejo de armas así como con trabajos de vigilancia y control en diferentes áreas urbanas las combinó con su formación tecnológica a nivel universitaria y luego con el entrenamiento especializado que recibió en guerra no convencional. Esta última formación la recibió al ser reclutado luego de destacarse por sus trabajos exitosamente realizados por lo que resultó seleccionado para formar parte de mercenarios que hacían trabajos sucios, "tipo quirúrgicos" para contratistas a nivel nacional e internacional.

Jhon Díaz Barragán, inicialmente cuando fue contactado por una corporación o contratista privada o EMSPs ... lo dudó...pero luego de investigar un poco entendió claramente su razón de ser y el por qué tenían tanto éxito: 1) Las EMSPs jugaban un papel cada vez más protagónico en los programas militares de cooperación bilateral entre Colombia y Estados Unidos, centrados en el programa anti-insurgencia, control geo-político y del negocio de las drogas; 2) las políticas de protección y seguridad de las EMSPs eran claves para corporaciones extractivas extranjeras que estaban operando en latinoamérica y que se veían afectadas por el conflicto armado en Colombia y por políticas nacionalistas del Gobierno Chavista de Venezuela y el plurinacional de Bolivia, entre otros; por último, 3) que debido a que en Colombia no era un delito estas empresas de mercenarios, puesto que este país no formó parte del grupo de 32 estados que suscribieron la convención de Naciones Unidas contra el reclutamiento, la utilización, la financiación y el entrenamiento de mercenarios y por tener una mano de obra barata y eficiente, este país se había convertido, en un excelente proveedor a nivel global, para la industria militar y de seguridad privada neoliberal y globalizada.

La contratista para la cual él últimamente estuvo laborando era manejada por exmilitares y políticos Colombianos que prestaban en la región servicios desde seguridad privada para el Ejército y empresas de Estados Unidos, hasta la asesoría en labores de inteligencia para otros estados y gobiernos. Manejaban millones de dólares anualmente dedicados a protección a torres de explotación petrolera, servicios de escolta a personajes amenazados y otras labores, como entrar a un país extranjero con misiones especiales.

El Estado colombiano era su principal cliente, pero no es el único. Eran cada vez más significativos los contratos de algunas empresas transnacionales privadas dedicadas a sectores como el petróleo, el gas, la construcción o la minería y aquellos establecidos con agencias norteamericanas para proveer seguridad y apoyo táctico como herramienta para reforzar políticas neoliberales de desarrollo económico.

Dada su formación técnica y militar, Jhon había sido clave en operaciones encubiertas contra instalaciones claves del gobierno de Venezuela, sobre todo relacionadas a sabotajes del servicio nacional de electricidad, agua, gasoductos e instalaciones de la refinería petrolera y operación "limpieza" de líderes importantes de la FARC que se habían acogido a la pacificación.

Jhon, quién en ese momento manejaba un auto pequeño rumbo hacia el centro de la ciudad de Mérida se focalizó en una alcabala que visualizó más adelante en la vía en la cual se movilizaba. Sin embargo, ni se inmuto, con sangre fía y rapidez, preciso el potencial de riesgo que esta podía representar y las alternativas que tendría ante cualquier situación inesperada.

Siguió su curso a una menor velocidad hasta que llegó al punto de control…

—Buenas Tardes — dijo mirando a la seria cara del oficial que se había agachado para ver su rostro y el interior del auto.

—Documentos — dijo lacónicamente el guardia

Jhon, ya preparado, sacó de su cartera unos documentos que recientemente le habían proporcionado y que eran documentos forjados, que lo identificaban como un ciudadano venezolano.

El guardia procedió a revisar el nombre y apellido para seguramente contrastarlo con nombres que mantenía grabados en su memoria como personajes de riesgo o buscados por la Ley. Con cara adusta comparó la fotografía del documento plastificado de identificación con la cara de Jhon. Mientras tanto otro guardia de seguridad militar, hacía inspección externa al vehículo y a su matrícula

— ¿Hacia dónde se dirige y de dónde proviene? — preguntó el guardia

—Soy comerciante... me dirijo a un Hotel en el centro de la Ciudad, estoy en viaje de negocios — respondió con seguridad, viendo a la cara frontalmente al guardia.

—Bien...puede seguir — dijo el guardia, luego de entregarle los documentos

Jhon, movilizó lentamente su vehículo, no sin antes hacer seguimiento por el espejo retrovisor a los movimientos del puesto de control para cerciorarse, como lo hizo, que no había ningún movimiento sospechoso.

Luego de llegar al hotel que tenía reservado, registrase y entrar a su habitación, procedió a verificar en su computadora portátil los mensajes codificados que le había enviado su actual contratista. Luego de decodificar el mensaje con un programa especial. Lo analizó con curiosidad.

Este mensaje aclaraba aún más su misión...lo extraño y grato para él era que no implicaba "procedimientos de limpieza"...en verdad ya estaba cansado de este tipo de encargos donde eliminar a personas era el "trabajo".

Últimamente, afortunadamente, se había dedicado a realizar trabajos más técnicos... espionaje industrial, robo y hackeo de información. Ubicación de secretos en instalaciones militares e industriales claves. Ahora este nuevo trabajo le agradaba más... un ambiente de científicos y tecnólogos en un Centro de Investigación Universitario.

Viendo su computadora pensó... Tenía la tarde para seguir precisando más detalles de este nuevo intento de reactivar la denominada "Fusión Fría" y los trabajos que venía realizando el Dr. Castello. Pero antes debía entablar una comunicación con su contacto en la ciudad, vía telefónica. Utilizó su computadora portátil para hacer el enlace, enviando con un programa encriptado para evitar rastreos, un audio vía inalámbrica.

—Hola... Ya estoy aquí para el negocio acordado — dijo y añadió — Espero la información asociada y los datos de la persona que será mi contacto en el Centro de Postgrado e Investigaciones...

En su equipo recibió luego de un tiempo un audio con una voz femenina — Entendido, tendrás la información a primera hora mañana por esta vía... y el contacto interno seré Yo

— Perfecto...entonces espero mañana la información...será que ¿Nos veremos mañana? — le dijo Jhon, internamente un tanto extrañado de que una mujer fuera su contacto...el temple y tono de la voz, le decía que era una mujer decidida y segura. Espero el siguiente audio, deseando que pudiera existir un contacto físico con ella para tener así un mayor control...

La persona le envió otro audio, luego de una breve pausa — Espero le hayan expuesto mis condiciones para vincularme a esta actividad. Primero, cero violencia... Esta no será necesaria en este ambiente... Segundo, mi participación no es secundaria... ¡Es protagónica!... Así que le aclaro no trabajo para Usted... ¡Trabajo con Usted! y tercero, por mi seguridad y la suya...a menos que sea imprescindible, usaremos contactos digitales... no presenciales.

Jhon sonrió al oír este planteamiento, su curiosidad se incrementó y su impresión inicial sobre su interlocutora se confirmó — ¡Trabajemos juntos...pues!... No se diga más — le dijo en el audio enviado.

Dijo en baja voz para él…— ¡Vaya!… Este trabajo tiene sus sorpresas…definitivamente que sí.

Por supuesto que particularmente haría todo lo posible para identificar y precisar físicamente quien era la persona con quien trabajaría. ¡Siempre habría una forma!…

◆ ◆ ◆

En un lugar de Europa, el grupo selecto que conformaba el Club "New Age", se reunía nuevamente. Era un grupo de siete personajes cuatro hombres y tres mujeres, quienes representaban "el poder…tras el poder".

Los presentes representaban en esa reunión a las familias de grupos económicos quienes eran considerados, no sin razón, los "Iluminates del Siglo XXI", eran quienes manejan como titiriteros a los principales actores de poder en la Tierra. Eran parte de la super élite mundial…por debajo de ellos en forma piramidal, había grupos un tanto más visibles como el Club de Roma, el Grupo Bilderberg, que actuaban como discretos micro gobiernos que se reúnen anualmente para dictar pautas a nivel mundial, estando integrado exclusivamente por los políticos, así como por los empresarios más poderosos de Estados Unidos y Europa. Este grupo reducido y selecto había logrado que en el tiempo perdurara que alrededor del 1% de la población mundial - la élite - controlará al otro 99% de la población.

— Señores y Damas presentes… — dijo el anfitrión. Un hombre de unos 60 años que representaba a la Familia Rothschild…— Gracias por su asistencia a esta reunión. Les reitero que como anfitrión puedo asegurarles que se han cumplido todas las acostumbradas medidas de seguridad para nuestro resguardo y de toda la información de lo que aquí evaluemos y acordemos.

— Esta reunión que realizamos a inicios del año 2021, tiene dos objetivos importantes que hemos definido como prioritarios para direccionar estrategias en áreas que evolucionaron con ciertas desviaciones respecto a las que habíamos previsto. Ellos son: Situaciones de desbalance político - económico ocasionado por la pandemia y política de control energético mundial...

El hombre con cara adusta apuntó: — Respecto al primer punto debemos estar de acuerdo que fue predecible que la Pandemia del Covid aceleró e intensificó las grandes macro-tendencias que ya se venían desarrollando con anterioridad. El efecto sobre el sistema económico basado en cadenas y redes de valor globales era lógico. La Pandemia impulsó una combinación de shocks de oferta, como producto del confinamiento de la población y de demanda debido a la caída de ingresos y gastos por disminución de la actividad económica, lo que como supusimos, ha provocado ingentes intervenciones de los bancos centrales, con políticas monetarias ultra expansivas y políticas fiscales generadoras de gasto, déficit y deuda pública que buscan amortiguar los efectos de la crisis.

Evaluando las caras, un tanto inexpresivas de los asistentes siguió con su análisis resumen — Pero...nosotros seguimos ganando en todo esto... Primero, con las orientaciones que dimos a algunos de nuestros negocios, nuestras ganancias de capital se han incrementado en el año 2020 de unos 30 a 60 billones de dólares; Segundo, el orden político mundial se ha desbalanceado, lo cual genera desconfianza en el sistema actual y la necesidad en la sociedad de una élite que le garantice mayor estabilidad y Tercero:...aunque no como queríamos, se ha disminuido un tanto la población mundial.... Aunque aún falta el efecto de la tercera ola y el de las mutaciones del virus. ¡Definitivamente fue una buena inversión nuestra intervención en esta Pandemia!

El representante de la familia Rockefeller...un hombre igualmente de tercera edad intervino...— Si, tal como en una oportunidad dijo David Rockefeller *"Estamos al borde de una trans-*

formación global"; Todo lo que necesitamos es una gran crisis y las naciones aceptarán el Nuevo Orden mundial". Sin embargo... hoy particularmente pienso... que debemos seguir considerando, como recomendaba Kissinger, provocar una guerra mundial para disminuir la población mundial a valores aceptables e impulsar nuestro objetivo de una Nueva Era.

Todos los presentes asintieron y el continuó — Debemos, sin embargo, concentrarnos en temas actuales, por ejemplo el crecimiento superior al que esperábamos del Bitcoin y otras monedas digitales y la inevitable caída del dólar. Hay que acelerar nuestras inversiones en oro, plata y...redireccionar a la nueva administración del gobierno americano. Ahora podemos tener un mayor control al no estar el locoególatra y desbocado de Trump de presidente. Definitivamente es un títere con mucha vida propia... para mi gusto.

Una dama representante del grupo Morgan comentó — El sector financiero y banquero relacionado a nuestro grupo, tal como lo muestran los resultados e indicadores, es el que más se ha ajustado a lo acordado en la última reunión. Sin embargo, a la luz de los resultados...hay que ser más rigurosos en nuestras acciones y sistemas de control... lo que me lleva al segundo punto... — Hasta ahora hemos sacado el máximo provecho al negocio del petróleo y sus derivados como fuente de energía y creo que debemos acelerar tener el dominio de las alternativas de energías alternativas. La pandemia ha evidenciado la necesidad de acelerar este cambio, lo cual se favorecerá con Biden en el poder y los acuerdos que se han realizado para el control medioambiental a nivel mundial.

La mujer entornó los ojos y siguió —Los grandes negocios que hemos realizado con las petroleras están siendo forzados por la realidad actual a una transición hacia las energías renovables. Si analizamos la situación del mercado energético vemos que ya no podemos frenar más la caída en este sector... y tal como dice el conocido dicho... "El mejor negocio del mundo...es una petrolera bien gestionada; el segundo mejor, una petrolera mal gestionada".

—Mucha de nuestra fortuna se ha cimentado sobre el crudo — realizó una pausa para ver a los otros participantes y viendo que tenía su atención continuó —pero parece que hay que acelerar el que pasemos a evaluar y dominar otras opciones.

Un hombre relativamente joven que representaba al grupo Du Pont, intervino — Ratifico lo expuesto por la dama...ya anteriormente, nuestro sector había insistido en que era necesario hacer un mayor esfuerzo respecto al control tecnológico y de los conocimientos que se están generando en energía no tradicional, Inteligencia Artificial y Nanotecnología. Estas son las piezas principales que debemos mover en el tablero.

Mirando directamente a los hombres maduros que representaban al grupo Rockefeller y a la Familia Rothschild dijo — Este grupo, años atrás frenó e hizo engavetar muchos proyectos, que, de haber sido controlados por nosotros, nos haría estar.... ahora en una mejor posición...

Ante las miradas de reproche de los representantes de mayor edad, el joven siguió...

— ¡Vamos!... Por ejemplo...una forma en la que logramos mantener nuestros negocios asociados al petróleo a finales del siglo XX, fue la estrategia de..."matar al vehículo eléctrico..", el cual poseía un gran desarrollo tecnológico y que incluso se logró comercializar exitosamente al fabricarse el EV1 por la General Motors unas 700 unidades, totalmente eléctricas y con unos 130 km de autonomía, prácticamente sin mantenimiento. El gobierno de California de ese momento aprobó una ley revolucionaria que impulsaba el "Vehículo de emisión cero", que obligaba a las marcas de coches a disponer de vehículos de emisión cero si querían seguir vendiendo en ese estado. La idea era crear mercado, para poco a poco, ir substituyendo el parque automotor a diesel, gas y gasolina por coches ecológicos e ir limpiando el aire californiano. Allí hasta se llegó a instalar un sistema de infraestructuras para la carga de este vehículo y la aceptación fue muy buena... ¡los usuarios estaban encantadísimos!

— ¡Yo he revisado la historia señores! — dijo con fuerza — Respeto la decisión tomada por nuestro grupo en ese momento... pero creo que debimos haber hecho nuestra esa tecnología, en lugar de hacer que finalmente se derogara la ley aprobada por el CARB - California Air Resources Board - presionando a las grandes marcas fabricantes de vehículos para que eliminaran la flota de vehículos existente, comprando todas las patentes de baterías, entre otras cosas.

— ¿Cuál es el punto? — dijo con seriedad el representante de la Familia Rothschild

— El punto es que aprendiendo del pasado, debemos adueñarnos de la tecnología que hemos frenado de una manera u otra... Hablo en este momento de manera específica de la energía de fusión de Hidrógeno...

El representante de la familia Familia Rothschild con una cara que evidenciaba cierta ironía pregunto — ¿Estás hablando del Proyecto ITER?.. — y luego continuo casi escupiendo mucha información, como para demostrar que sabía de qué estaba hablando.

—Este proyecto para generar "un Sol en la tierra"...que seguramente sabes, se estimó en alrededor de 4.570.000.000 euros... actualmente presenta graves retrasos. Está saliendo muchísimo más caro de lo que se estimó originalmente y puede que no empiece a funcionar sino hasta dentro de al menos 15 años. Por esos costos, inclusive hasta algunos políticos verdes de Europa, ya están pidiendo el cierre del ITER,

Ante la mirada de todos continuó... — El Reactor Experimental Termonuclear Internacional –ITER, se comenzó a construir en el 2010 en Cadarache, Francia. y pretende reproducir las condiciones que se producen en las estrellas , altísimas presiones y temperaturas, para conseguir que se toquen los núcleos de hidrógeno y se produzca la fusión, la desintegración de muy poca masa produce mucha cantidad de energía — viendo al joven de la Du Pont siguió — No niego que pueda ser una solución a la era de no petróleo, de hecho está siendo financiado por los gobiernos más poderosos del mundo... Pero los costes se han disparado hasta los cerca de 20.000 millones de euros por retrasos y disputas políticas. Los primeros experimentos, originalmente programados para 2018, se han retrasado hasta el 2025 y ahora con la salida de Gran Bretaña de la Unión Europea...habrá que ver.

Sonriendo, el joven ante la atenta mirada de todos dijo — No hablo del ITER señores...hablo de la tecnología presentada a los presidentes Clinton y Bush así como a los altos mandos del pentágono, que utiliza..."agua como combustible" — Todos quedaron sorprendidos.

El joven hizo una pausa y se movió hábilmente para que todos lo siguieran con la mirada y añadió — Hablo de la tecnología de baja energía nuclear o reacciones LENR también conocido como "Fusión Fría". El resultado de esta "energía de agua" es que con un costo mínimo esta tecnología puede, de un kilómetro cúbico de agua de mar, proporcionar energía equivalente a todas las reservas de petróleo conocidas en la Tierra.

Los presentes de menor edad estaban sorprendidos...más no así los representantes del Rockefeller y Familia Rothschild, quienes se miraron entre si...

Antes de que ellos dijeran algo...el joven continuó con su exposición mirándolos fijamente — Sé que algunos actores de este grupo trataron inicialmente, sin mucho éxito, de apoderarse de esta tecnología y que inclusive, al igual que el poder militar de los Estados Unidos, Alemania e Inglaterra, invirtieron tiempo y dinero en consolidarla sin mucha reproducibilidad. Sé también lo peligroso que significa para nuestro grupo de poder que se pueda generar energía a muy bajo costo, con mucha facilidad y sin ningún control nuestro.

— Mi punto...es que solicito se me permita investigar y en una reunión extraordinaria del grupo exponerles unas alternativas al particular.

Todos asintieron... La juventud empezaba a imponerse.

La reunión continuó precisando otros aspectos presentes en la agenda.

CAPITULO II

La Propuesta Y El Desarrollo

Eran cerca de las diez de la mañana, cuando se inició la reunión en la sala privada desde donde se direccionaba el Centro de Investigación y Postgrado de la Escuela de Ciencias de la Universidad de los Andes - DIQA. Los Doctores Márquez lideraban el evento.

Inició la Doctora Márquez — Buenos días...Ya no tan chamos y chamas...dijo con una sonrisa en sus labios — Quiero antes que nada desearles un feliz año, esperando que este 2021 sea de éxitos y de esfuerzos concretos para salir de esta situación grave que afecta enormemente a Venezuela, pero también a todo el Mundo.

— Todos sabemos cuánto ha afectado a nuestro país la situación de crisis política que hemos estado enfrentado, con los desaciertos del gobierno y de las cúpulas políticas de oposición y por supuesto, las acciones injerencistas de poderes externos y con las sanciones que como medida tipo garrote se nos han impuesto. Todo esto, aunado a la Pandemia, ha generado una grave crisis... ¿Ustedes saben cuántos estudiantes de Postgrado y cuántas investigaciones hemos perdido o abandonado?

La doctora Márquez realizó una pausa un tanto teatral y luego continuó — Pero... Nosotros somos guerreros y estamos dando la batalla... Hoy los hemos invitado de manera seleccionada para que oigamos una propuesta que va a presentar nuestro compañero, Rodolfo Castello, a quien seguro conocen. Hemos convocado a los presentes luego de ayer haber tenido todo un día de discusión con él...

El doctor James complementó la participación de su esposa —
Antes de dejar que el doctor Castello nos haga una presentación,
quiero decirles que Olga y yo hemos considerado en involucrarnos totalmente a las pruebas que puedan demostrar y dimen-
sionar una tecnología que puede revolucionar al mundo, la cual
tiene antecedentes muy negativos o dudosos. Igualmente antes
de reunirnos hoy aquí, hemos, luego de conversar con la doctora
Ksenia, que como ustedes saben es la responsable oficial de estas
dependencias e infraestructura, decidimos convocarlos para oír
su opinión.

Realizó una pausa y los miró detenidamente antes de continuar.—
Para avanzar en las pruebas que estamos planificando queremos
tener a un grupo élite ...y de confianza que, sin cortapisas, digan
y expongan a viva voz su opinión, dudas e inquietudes sobre este
desarrollo tecnológico...que está afinándose. Quiero decirles que
tener resultados válidos y significativos en la experimentación...
no nos dará el éxito per se. Existen demasiados intereses en contra y a favor de adueñarse de algo que podría revolucionar al
mundo. Así que los van a ver, oír, debemos manejar con cautela y
mucha discreción.

Las intervenciones de los doctores Márquez...lograron su objetivo en el auditorio... ¡Despertó la curiosidad científica de los participantes!

Estaban allí reunidos ocho personas en expectativa, adicionales
a los Doctores Márquez y Castello. Todos ellos y ellas, habían
gravitado en algún momento en esa Escuela de Postgrado y
Centro de Investigaciones en Química Aplicada -CIQA- en diferentes posiciones e intereses. La gran mayoría estaba conformada
por profesionales que fueron estudiantes del Doctorado o de
Maestría en Electroquímica Fundamental, aunque, también ex-
istía uno de ellos que sólo había sido pasante en esas instalaciones.

Estaban dos mujeres relativamente jóvenes. Una de ella era la
doctora Ksenia Volmer, quien actualmente, luego de la jubilación

de los Doctores Márquez, dirigía el Centro de Investigación y Postgrado. Su papel allí era clave, ya que ella era la responsable ante las autoridades Universitarias de esas instalaciones. Cuando fue previamente consultada sobre la propuesta del Dr. Castello, actuó con cautela y curiosidad. Fue ella la que sugirió que se instalara esa especie de comité técnico de expertos locales para evaluar la propuesta.

La doctora Ksenia era Química de profesión básica. Era una mujer descendiente de alemanes y venezolanos, cuya mezcla, le daba unos genotipos que llamaban la atención masculina. Ella, luego de las palabras del Doctor Márquez, procedió a tomar la palabra

—Gracias compañeros por estar presentes y apoyarnos en esta decisión sobre la propuesta de Rodolfo Castello. Su opinión es bien importante. Ahora, lo dejaremos a él para que nos haga una presentación resumida de su trabajo y de su propuesta a este equipo.

Roberto Hernández y su esposa Belkys. Eran otros de los participantes que de manera paciente y atenta prestaban atención al evento en desarrollo. Igualmente eran Químicos graduados de Maestría y Doctorado. Ella había estado trabajado durante un tiempo en importantes Centros de España y él igualmente realizó parte de sus investigaciones en Gran Bretaña. Actualmente ambos eran docentes e investigadores de CIQA.

Tres profesionales: Carlos, Felipe y Humberto que siempre habían sido muy unidos entre sí, tanto en los estudios como en el deporte y en las parrandas eventuales, igualmente estaban presentes y atentos a la exposición.

Carlos Posada era un Ingeniero Químico, cubano que había emigrado a Venezuela y luego de hacer Postgrado en CIQA, se había integrado a trabajar con empresas de productos químicos internacionales que tenían franquicias en Venezuela. Sin embargo, se mantenía vinculado a la docencia e investigación, como docente a tiempo parcial.

Felipe Sánchez, era Físico y sus estudios en Electroquímica le permitieron lograr trabajos reconocidos nacional e internacionalmente. Era muy acucioso y cuestionador y por lo tanto tenía fama de ser un inquisidor nato. Al punto tal que los estudiantes e investigadores, le desagrada su presencia en seminarios, congresos y eventos científicos donde debían exponer sus avances investigativos...ya que parecía detectar siempre con gran facilidad, las deficiencias o aspectos dudosos o no bien sustentados, para justamente hacer hincapié en ellas con sus preguntas y comentarios...es decir...metía siempre con precisión el dedo en la llaga... como se dice vulgarmente.

Humberto Millán, era el otro integrante de ese trio de mosqueteros de la Ciencia Aplicada. Luego de su doctorado y de trabajos notables en Petroquímica, fue designado como responsable de la dirección regional del Ministerio de Ciencia y Tecnología, donde destacó por el empeño en vincular a la Universidad con la Industria, con trabajos de Investigación y desarrollo aplicables. Eso le generó algunos enemigos y adversarios ya que cuestionaba mucho los aportes y apoyos financieros o subvenciones a lo que él llamaba "investigadores de papel". Es decir, profesionales de la investigación con muchos "papers" y trabajos en su mayoría teóricos, qué nunca generaban mucha transcendencia por la temática en la cuales eran "expertos"...como él decía "parásitos de la ciencia" estudiando siempre...el... ¿Por qué la mosca vuela?".

 Finalmente, estaban Kathy Moltabán y Héctor Molina. La primera era una egresada del doctorado del CIQA, que era docente de la escuela de Ingeniería Mecánica. Aún a pesar de sus cuarenta y tantos años, mostraba la vitalidad y belleza tropical que la caracterizaba, así como su postura contra sistema. En este momento lucía con gran parte de su hermosa cabellera negra, rapada al ras, pero solo de una parte de su cabeza. Así, como si fuera una artista Punk, lucía un look asimétrico, con cabellos lacios que caían del lado izquierdo de su rostro mientras que su lado derecho lucia afeitado. Sus labios pintados de un color un tanto oscuro resaltaban su rostro de manera particular.

El look de Kathy, siempre le molestó a la doctora Olga, quien a pesar de tener una filosofía de vida muy "open mind" y de izquierda, prefería un estilo más conservador. Sin embargo, el hecho de ser una profesional brillante había hecho que Kathy, a pesar de su aspecto y forma de vestir y de ser muy liberal, fuera respetada y aceptada en el cuerpo docente e investigativo de la Universidad.

Héctor Molina, completaba el octeto de los invitados. Era un Ingeniero Informático, que durante sus estudios fue pasante del CIQA, principalmente debido a que era hijo de unos de los Técnicos de esa dependencia. "Tico", como lo llamaban cariñosamente, se destacaba por su habilidad en el manejo de equipos y tecnología vinculada a sistemas y computación. A pesar de no ser Químico, ni muy conocedor de esta temática, era muy apreciado por todos y todas, ya que siempre resultó un gran colaborador y apoyo en esta disciplina vital para el registro, manejo de datos y uso de paquetes, software y hardware asociado a los equipos utilizados en el laboratorio. Actualmente trabajaba por su cuenta en negocios de venta y de servicios informáticos y como personal de apoyo para el elearning...vital actualmente, más aun con la pandemia. Su presencia allí fue solicitada especialmente por el Dr. Castello.

Todos los presentes, estaban atentos a Rodolfo, quien se ubicó en frente de todos y de manera diligente y con una sonrisa en los labios inició viendo a todos los presentes con cariño.

—Queridos compañeros y compañeras, agradezco enormemente que hayan respondido a este llamado realizado por Ksenia y mis apreciados profesores Márquez. Quiero, antes de iniciar mi exposición, decirles que mi compartir con ustedes en estas instalaciones fueron un gran aprendizaje, que me fortaleció enormemente y me ha inspirado en gran medida en mi carrera profesional.

— Creo que ya saben que la temática de mis recientes investigaciones, está relacionadas con los muy cuestionado trabajos asociados a la llamada "Fusión Fría". No entraré en demasiados detalles, porque son versados en la materia. Sin embargo, al igual que ustedes, seguramente en algún momento se preguntaron... ¿Cómo es posible que este fenómeno sea tan poco reproducible y consecuentemente cuestionado?... justamente por esa curiosidad científica y lo prometedor de lograr una energía limpia, abundante y económica, decidí hace seis meses atrás, utilizando algunos avances en el área de materiales y el trabajo de otros investigadores insistir en esta temática. Para ello, como Ingeniero Metalúrgico, me planteé como hipótesis que las características volumétricas y microestructurales del cátodo de Paladio eran las claves en esos erráticos resultados.

Todos estaban muy atentos e inquietos ante la exposición...

—Como ustedes saben, para que ocurra la fusión de los átomos de Deuterio, se debe lograr que estos isótopos de Hidrógeno se obliguen a estar tan juntos como para vencer las fuerzas de repulsión de sus núcleos. Sabemos al aplicar la carga eléctrica en la celda electrolítica, estos isótopos por su carga y pequeños radios atómicos difunden del líquido – agua pesada o electrolito con deuterio– hacia el metal catódico y se introducen en su red cristalina, lo que los obliga a estar recluidos y según los investigadores entonces resulta factible que ellos se fusionen formando, de dos átomos de Deuterio, uno de Helio, generado la energía que buscamos y por supuesto seguramente neutrones y rayos X. ¡Es decir... fusión fría¡

Viendo a Felipe, Humberto , Carlos y a Kathy dijo —Sabemos los ingenieros en materiales, físicos y químicos que los metales con que trabajamos presentan muchas imperfecciones y discontinuidades en su estructura debido a que en su refinación, solidificación y proceso de fabricación...por más que queramos...siempre estas se van a generar. Inclusive si hipotéticamente lográramos tener materiales libres de defectos, los átomos en la superficie del material tendrían unas condiciones energéticas diferentes que los que están en el centro del material, lo cual genera diferencias y heterogeneidad.

— Así que me planteé, como hipótesis, que estas variables de ordenamiento y de imperfecciones en el cátodo eran un factor importante o clave en la explicación de las respuestas inestables, o irregulares que ocurrían en las experimentaciones y por lo tanto originaban la tan falta de reproducibilidad en los resultados.

Rodolfo hizo una pausa teatral…y preguntó — ¿Pero cómo luchar contra eso?… allí se me ocurrió que usando nanopartículas embebidas en el cátodo, podría disminuir estas variaciones — Mirándolos a todos como si les contara un cuento a unos niños, continuó…

—Ustedes saben el impulso gigantesco y las fronteras cada vez más grandes que se han logrado en la Ciencia actual al trabajar la nanotecnología. ¡Las nanopartículas de un material tienen un comportamiento y propiedades totalmente diferentes a las de ese mismo material con mayores dimensiones volumétricas!

— Y bien, ¿Cuáles son mis resultados?… Ustedes pronto los verán — y dicho eso, encendió un video que proyectaba imágenes de un presentación que tenía en su computadora personal — Tico, ¿puedes apagar la luz por favor?… — le dijo a Héctor Molina.

Amigos — Unas imágenes valen más que mil palabras…por favor observen el desarrollo de una de mis experimentaciones…

Lo expuesto en el video impresionó a los asistentes. Se veía una celda electrolítica sencilla adosada a los equipos de carga, control y medición típicos de esos experimentos. Al aplicar la corriente a la celda y llevarla a un valor específico, empezaba a generarse entre los electrodos una especie de luz confinada alrededor del cátodo que semejaba a una nube de energía brillante.

¡Era como un pequeño sol brillante confinado en la celda!

La temperatura del medio líquido empezaba evidentemente a subir ya que se generaba ebullición y vapores. Unos equipos periféricos mostraban y medían la generación voltaica y de calor la cual se estabilizaba al regular la corriente aplicada a la celda.

Un murmullo corría entre los asistentes...mientras Rodolfo Castello...los miraba sonriendo detallando la cara individual de cada uno de los presentes.

Los doctores Márquez que no habían visto el video, estaban muy entusiasmados y se moraban eventualmente entre sí como diciendo... ¡Tenemos algo importante entre manos!.

El grupo de Humberto, Kathy, Carlos y Felipe miraban con mucho cuidado todo y cada uno de los aspectos de la experimentación... como tratando de precisar cada detalle y evento que pudiera ser criticado, optimizado o que generara dudas sobre la autenticidad de la experiencia.

Los esposos Hernández, Roberto y Ksenia, se miraban eventualmente entre sí, como si se trasmitieran mensajes telepáticos. Sus caras eran menos expresivas, pero definitivamente interesadas.

Al finalizar el video y encenderse la luz del salón...una cantidad incontrolable de preguntas y comentarios empezaron a brotar de todos los participantes...curiosamente excepto del normalmente más inquisidor preguntón.. Felipe. Él estaba pensativo, acariciándose la barbilla en una aptitud muy...pero muy reflexiva.

Ksenia y la doctora Olga, debieron imponerse para establecer orden en el debate. Justamente al establecerse el silencio, fue que se oyó la voz del Doctor Felipe que dijo a viva voz...

—¡Mierda!...Rodolfo creo que nos debes dar muchas explicaciones sobre este fenómeno...

Rodolfo con cara risueña les dijo...

— No...amigos y compañeros. ¡Nosotros debemos de dar muchas explicaciones sobre este fenómeno!

Todos centraron su mirada en él — Yo tengo muchas teorías que explican, desde mi óptica lo que está ocurriendo — y procedió a entregar a cada uno de los presentes unas carpetas con un materia impreso.

—Pero compañeros...para eso estoy aquí, para optimizar mis experimentos y buscar cómo explicarlos satisfactoria, amplia y suficientemente — y viendo a Humberto y a Kathy continuó — y más allá de eso, empezar a canalizar tecnológicamente esa energía generada en calor, movimiento, luz, potencia...productividad. ¡Usos industriales para la humanidad!

—¿Se animan? — les preguntó — Quisiera con su apoyo realizar experimentaciones aquí, donde puedo contar con una mayor infraestructura para medir, hacer seguimiento y tener mayor y mejor información de estos experimentos.

Felipe, que se estaba devorando el informe escrito que le habían proporcionado...comentó — Por supuesto que pueden contar conmigo...por cierto, en lo que he visto a vuelo de pájaro, no vi, en el informe detalles precisos de la conformación del cátodo...

Rodolfo Castello sonriendo dijo — Es cierto... ¡Allí está el Know How!.. ¡La clave...el secreto!... Esa información es, como ustedes entenderán, altamente confidencial. Por supuesto que la compartiré con Ustedes...pero...entenderán que debemos manejar esto con mucha prudencia.

— Creo que en este momento debemos recordar entre otros a Tesla, El gran investigador que a finales del siglo XIX consolidó el uso de la energía de corriente continua con la tecnología que actualmente funcionan los motores eléctricos y como él, fue prácticamente plagiado por Marconi para inventar la radio y anodizado por quienes no le interesaban sus inventos para trasmitir energía, información e imágenes disponible de manera gratuita para todos. Imagínense todo lo que hubiéremos avanzado la humanidad, si esa tecnología se hubiera materializado a inicios del siglo XX...

La doctora Olga complementó el punto — Igualmente debemos recordar lo que aconteció con nuestros colegas electroquímicos Fleischmann y Pons al tratar de promover la Fusión Fría... execrados, anulados, ridiculizados y Eugene Mallove asesinado.

Más tarde, ya finalizada la jornada, se estableció un acuerdo para iniciar reuniones, coordinadas por Ksenia y los Márquez, que permitieran armar toda la infraestructura y protocolos para realizar en el CIQA la experimentación, definiendo el rol de cada uno de los presentes y las reuniones de seguimiento análisis y concreción de resultados. Habían acordado como estrategia, que presentarían los resultados en el próximo congreso de la Sociedad Venezolana de Electroquímica - SVE e inmediatamente en la 69th reunión anual de la International Society of Electrochemistry, y por supuesto, en decimosexto congreso sobre fusión fría (ICCF-16), al que asistirán los principales expertos internacionales en la materia.

Castello, enfatizando los aspectos de seguridad, propuso y todos estuvieron de acuerdo que Héctor Molina, instalara en las dependencias y laboratorio un sistema que evitara al máximo la fuga de información por la red, programas que anularan la trasmisión de información digital por los teléfonos celulares, los cuales estarían restringidos y un sistema de cámaras de vigilancia para control y registro de todo lo que ocurriera en la fase experimental.

Una de la mujeres presentes...pensó "Vaya...creo que la cosas se complicarán para el trabajo de robo de esta tecnología...debo poner al tanto a Jhon García Barragán para evaluar las estrategias a seguir"

La primera semana de trabajo fue realmente todo un acontecimiento, primero, por lo novedoso de los ensayos para el grupo, lo cual por supuesto generaba mucha expectativa y despertaba el espíritu de investigadores y ¿por qué no?...también cierta rivalidad, por dar más aportes, y generar explicaciones científicas.

Para estos investigadores ya cuarentones y cincuentones, lo segundo más motivante, fue volver al ambiente que tuvieron veinte años atrás, cuando eran estudiantes del postgrado de Electroquímica Aplicada. Otra vez haciendo equipo, todos juntos en el laboratorio y bajo el mando estricto y riguroso de los Márquez, sobre todo de la profe Olga.

¡Era como si hubieran recuperado parte de ese espíritu de juventud! Fue estimulante volver a los seminarios luego de una jornada de trabajo, donde cada uno de ellos debía explicar lo que había concluido, complementando o contrastando con los que decían sus compañeros y por supuesto lo establecido en la Teoría.

Quizás motivado por todo eso, ese sábado en la tarde luego de cinco días y medio agotadores de trabajo el grupo de parranderos de antes, Carlos, Humberto y Felipe, convencieron a Rodolfo para salir a "echar unas canas al aire". Armaron toda una estrategia para que los demás compañeros, incluyendo los Márquez, no se enteraran y salieron a una tasca del centro de la ciudad.

Se pusieron como regla que no iban a hablar del trabajo a que estaban abocados...cosa que por supuesto no cumplieron...cada cierto tiempo entre cerveza y cerveza, cuando menos pensaban entraban en discusiones técnicas. Hasta que alguien ponía orden,..normalmente Rodolfo... la mayoría de las conversaciones se orientaban a intentar que él diera más información sobre el secreto de las nanopartículas que conformaban al cátodo.

Luego de dos horas...era inevitable tocar el tema...

—Okey...okeey...— dijo Rodolfo a todos sus compañeros que se habían quedado a la expectativa — ... Para que el tema sea cerrado voy a confirmarles a ustedes...mis panas... que sí...como han apuntado el electrodo que yo denomino como "A" tiene sólo nanopartículas de Paladio y el que llamo "B" tiene Paladio y Níquel.

Humberto y Felipe casi al unísono...con evidente alegría generada por el licor, dijeron — ¡Viste Carlos Posada!... Nosotros teníamos razón. Nos debes una ronda de cerveza...¡perdiste la apuesta y te toca pagar la cuenta! — y entre risas de seguido llamaron al mesonero para que trajera otras cervezas para la mesa.

Felipe, que estaba demasiado alegre, abrazó efusivamente a Rodolfo y lo estrechó contra él — Hermano...que bueno tenerte aquí —le puso una mano en la pierna, por encima de la rodilla, mientras lo miraba a la cara con cariño — Si no fuera por ti, no estaríamos aquí todos juntos nuevamente.

— Coño Felipe...ya lo que falta es que lo beses — dijo Humberto soltando una carcajada...

—Mientras el amor sea puro... ¿Cuál es el problema? — le respondió este separándose un tanto de Rodolfo...

En ese momento intervino Carlos, que parecía muy interesado en sacarle la máxima información a Castello — Rodolfo... ¿Por qué Níquel?

La respuesta vino inmediatamente — Otros investigadores lo utilizaron...no como nanopartículas por supuesto...y tuvieron cierta respuesta satisfactoria. Así que teniendo una estructura cristalina similar al Paladio, siendo más barato y sobre todo existiendo aquí en Venezuela unos grandes yacimientos en la zona central, lo consideré estratégico.

Por otro lado, sabemos— dijo Rodolfo, entrando en temas profundos del área de materiales — que la reacción al ingresar el hidrógeno en el paladio es exotérmica...es decir, genera calor... ahora al incrementarse la temperatura en la celda esto nos indica que el proceso de generación de la fusión fría, seguramente se verá afectado. Para mí también ésta es una de las causas que venían afectando la reproducibilidad de otros investigadores...

—Ahora como el ingreso del hidrógeno en el níquel genera contrariamente un efecto endotérmico...es decir absorbe calor... Pensé que usando ambos elementos podría establecer un equilibrio en la reacción de fusión nuclear de los deuterios... ¡y está resultando!...

El mesonero que en ese momento estaba poniéndole nuevas cervezas...estaba escuchando lo que exponía Rodolfo y sin entender para nada toda esa jerga, dijo entre dientes — Estos están ya pasados de palos...o están fumados...

Todos soltaron una carcajada al oírlo...

Humberto luego participó — Excelente hermano tu idea de usar nanopartículas de Níquel y de Paladio — dijo viendo a Rodolfo — Aunque... No esperes que te bese y acaricie por eso... —dijo soltando una carcajada.

Notando que Felipe se puso un tanto serio dijo, como para generar otro tema — ¿Sabían que esas minas en las llamadas "Lomas de Níquel" fueron descubiertas y explotadas por una compañía inglesa por más de cinco años?, pagándole una miseria al Estado venezolano, mintiendo descaradamente y diciendo que ese material que exportaban en su totalidad...tenía escaso valor. ¡Afortunadamente en este gobierno nacionalista esas minas pasaron a formar parte de nuestras empresas!

Carlos Posada, tomándose un trago de cerveza dijo entre dientes — Si... pero seguramente ahora quienes se roban el níquel son los "revolucionarios"...

Por supuesto que eso generó una discusión entre Humberto quien era un vehemente defensor del Gobierno Bolivariano y Carlos.

Humberto terminó llamando a Carlos..."contra revolucionario, vendido y pitiyanki"...

Rodolfo y Felipe debieron intervenir para calmarlos...

Castello, para generar distensión sacó un tema típico de hombres — Oigan muchachos... Yo sé que ya son unos viejitos...pero que piensan de Kathy y de Ksenia...!coño!, parece que los años, como al vino las favorecen.

—Cada vez tienen mejores cuerpos — añadió riendo

El resultado fue muy bueno, ya que eso generó una jornada de comentarios al particular y alivió las tensiones.

Hicieron muchos comentarios un tanto sexistas y luego algunos chismecitos. Dijeron entre otras cosas que ellas ahorita estaban solas. Ksenia estaba separada de su esposo y Kathy, como siempre liberal tenía muchos "amigos sin compromisos".

Carlos dijo — Si, definitivamente Kathy siempre será una mujer espectacular como hembra

—Claro que tú lo sabes bien — dijo Felipe, todos sabemos que ustedes tuvieron sus encuentros furtivos...

— ¿Quién no...lo tendría? — dijo Rodolfo...recuerdo ese paseo que tuvimos un fin de semana que salimos...Yo andaba con una chica que me estaba aliviando de mi celibato. Humberto y Roberto estaban con sus actuales esposas. Carlos al igual que Kathy estaban solos en ese paseo...sin parejas.

Humberto intervino — Claro que lo recuerdo...todos quedamos de una pieza esa tarde cuando Kathy, sin aviso, de repente se quitó su bata y en pelotas se arrojó a la piscina.

 Todos rieron recordando esa época de jóvenes despreocupados... sólo enfocados en sus estudios y en divertirse.

Felipe, añadió — Bueno, Kathy creo que también tuvo algo pasajero con Roberto

—¡Queeé! —.gritaron todos casi al unísono. ¿Con Roberto?... pero si a ese no lo dejaba su mujer Belkys...ni a sol ni a sombra...

Felipe complementó — Bueno amigos...¡Yo no he dicho nada! Pero sé que eso ocurrió y que también ella se enteró... y ustedes saben cómo son estas mujeres andinas. ¡Lo puso a andar derechito por un buen tiempo.

Todos soltaron una carcajada hasta que Humberto dijo... ¡Coño Felipe...pareces una vieja chismosa!

Luego de unas risas más apagadas, todos siguieron tomado cervezas.

Carlos, volviendo a la temática de la experimentación, siguió insistiendo con sus preguntas

—Dinos cuál es el otro elemento que estás colocando en el tercer electrodo que estamos probando y que está dando mejores resultados. Yo sugiero que es un metal liviano…Hhum… algo como Sodio, carbono o…quizás Litio.

Rodolfo, se puso un poco alerta y le dijo con una sonrisa…— Carlos…quizás por allí van los tiros…sólo les diré, por ahora, que es un "veneno"…un elemento estratégico.

Humberto, quien con los tragos estaba un tanto belicoso, dijo —No digas nada hermano…aquí creo que hay espías —su comentario lo expresó mirando de reojo a Carlos, quien molesto se levantó.

— Bueno…ya está bien…las copas no hacen bien en exceso…Yo ya debo irme— mirando primero a Rodolfo y luego a todos antes de irse les informó— Gracias hermano por hacernos partícipes de esta investigación…y a Ustedes por estar aquí. Voy a cancelar la cuenta… Al fin y al cabo ¡Perdí la apuesta! y aunque algunos no lo crean— mirando a Humberto — sigo siendo el mismo de siempre.

Al salir Carlos todos se quedaron en silencio.

Humberto, dando un traspiés igualmente se levantó mencionando —Amigos, siento haberme molestado con Carlos… En verdad lo aprecio mucho, pero no soporto que alguien que vino aquí de Cuba, como un líder estudiantil revolucionario, hoy haya cambiado tanto — viendo a Rodolfo dijo…— ¿Sabías que Carlos está ahora trabajando con una transnacional química y que pronto se mudará a Estado Unidos?… así que mucho cuidado con darle demasiada información sobre los secretos de tus electrodos…

Felipe, viendo salir a Humberto, con cara de cierta tristeza dijo —Cómo han cambiados las cosas… ¡No? … Hay muchos secretos y cosas entre nosotros que nos han cambiado… además de la edad

— luego llamó al mesonero y le dijo danos las dos últimas cervezas amigo.

Rodolfo, golpeado un tanto por tantas cervezas y por las cosas que había visto y oído pensó que Felipe tenía razón...había muchas cosas que quizás estaban siempre presentes en sus amigos y que no había notado o que quizás el tiempo y las situaciones las estaban potenciando.

 Felipe, evidentemente ya pasado de tragos, se sentó a su lado y pidió brindar por los por viejos tiempo al tiempo que lo abrazaba y luego volvía, de manera que parecía no intencional pero tampoco casual, a volver a palmearle la pierna ahora muy cerca de su entre pierna.

Él no era para nada homofóbico...y ahora pensando en lo que estaba experimentado,.. Asoció que a Felipe, nunca se le había conocido novias. Para nada era amanerado o afeminado... ¡Pero esos abrazos y palmoteos en su pierna no eran normales!...decidió que era hora de irse...

Se tomaron la última cerveza y salieron de la Tasca. Ya afuera Felipe lo volvió abrazar de manera efusiva y siento que su cuerpo se juntaba demasiado al suyo. Con delicadeza los separó y le dijo...

—Felipe, hermano... creo que ya está bien... debo irme — y apresuradamente se dirigió a un Taxi que estaba estacionado fuera.

Camino al Hotel pensó... que había muchas cosas en su grupo de antiguos compañeros de postgrado que habían cambiado. ¡Ojalá! Esas cosas no pusieran en riesgo el trabajo que ahora estaban realizando.

Ese domingo, luego de la parranda de la noche anterior, Castello un tanto con resaca se dirigió a la casa de residencia de Roberto y

Belkys, con quien se había comprometido a desayunar.

Pasaron un rato muy agradable en un ambiente familiar. Las conversaciones inicialmente fueron dirigidas a recordar viejos tiempos y a relatar las experiencias que habían experimentado profesionalmente.

Roberto y Belkys, relataron detalles de sus últimos trabajos de investigación y publicaciones científicas…Rodolfo, sintió que ellos se estaban ensalzando un tanto, como mostrando su potencial, capacidad y nivel como profesionales.

Luego de un rato de hablar mucho de sí mismos y notando un tanto callado a su compañero. Belkys dijo

— Espero no estar aburriendo mucho, amigo. Nosotros te hemos seguido la pista, siempre de una manera u otra nos enterábamos de tus trabajos a nivel industrial y académico. — realizó una pausa y luego comentó — No es que quiera desmerecer a nuestros compañeros, pero le comentaba ayer a Roberto, que nuestro nivel de desarrollo profesional, reconocimiento y prestigio, así no se quiera, sobresale ante el del resto del equipo

Roberto, que estudiaba la cara de su amigo y notando cierto gesto de extrañeza, inmediatamente dijo viendo a su esposa — ¡Vamos!.. Belkys, pareciera que nos estamos vendiendo — Pero al ver cierta mueca de malestar en su esposa añadió — Quizás lo que sería importante que tuvieras en cuenta amigo, es que con un descubrimiento tan notable e impactante como en el que te estamos apoyando, es necesario que analices bien con quien o quienes seguirás impulsando este desarrollo. ¿Me entiendes?

— Si… creo que si — respondió lacónicamente

Ante la mirada insistente de Belkys, que parecía impulsarlo con la mirada, Roberto, siguió conversando — Fíjate, Rodolfo, no sé si lo has pensado, pero luego de proteger intelectualmente el invento, sigue un proceso bien complicado, para primero que nada, seguir promocionando la tecnología y exponiéndola en diversos escenarios no solo científicos, sino gubernamentales y empresariales. Segundo, se debe montar un equipo científico que te apoye en esa primera necesidad, así como en el control y seguimiento de cualquier escalada a nivel productivo. Por supuesto que necesitas también alguien de confianza, entre otras cosas para vender la tecnología.

—"vender" — dijo Castello, que los seguía con interés y detenimiento entendiendo que ellos se estaban ofreciendo para el desarrollo y pasos siguientes les aclaro...

— La verdad que no está en mis planes "vender" esta tecnología. Sé que existirá necesariamente una retribución económica que todos debemos recibir por el desarrollo, que permita garantizar una especie de compensación por nuestro esfuerzo y que retribuya generosamente a la Universidad y al centro CIQA por el usos de sus equipos e infraestructura.

Notando que había una mayor expectativa de ellos... que quizás definiera más el papel que ellos pudieran jugar a futuro él les dijo...

— La verdad es que no he pensado con mucho detenimiento todo el volumen de cosas y responsabilidades que tendremos si como estamos seguros esta tecnología logra ser aceptada como una alternativa energética...pero por supuesto que ustedes y todo el resto del equipo estará involucrado en ellas...Por supuesto parafraseando al Che..." *a cada cual según sus capacidades, a cada cual según sus necesidades.."*

Belkys, impaciente casi sin poder contenerse opinó — Es muy importante las capacidades... pero también las intenciones amigo mío.. Debe tener cuidado en el equipo con las intenciones, apetitos y ambiciones de algunos y...algunas. No sigamos hablando del tema... pero nosotros, Roberto y mi persona, podemos garantizarte, honestidad, profesionalismo y entrega. ¡Tómalo en cuenta! — dicho esto Salió hacia la cocina y los dejo solos.

Internamente, Rodolfo Castello, reflexionaba sobre el encuentro que había tenido con sus antiguos compañeros tuvo ayer en la tasca y ahora con los Hernández. .. definitivamente al parecer ellos no eran realmente un equipo eran más bien un grupo… cada quién mostrando aspectos desconocidos para él…

Suspiró…¡Pero era el mejor y único grupo que tenía!. Esperaba no seguir siguiendo sorpresas y divisiones.

Sus dudas fueron ratificadas ese mismo día, ya que luego de desayunar, decidió dar una visita a los Márquez en su casa, quienes lo invitaron a almorzar y luego a unas copas de vino para así realizar un análisis situacional. El por supuesto que no les comentó nada de sus encuentros de la noche del sábado y de la reunión con los Hernández, pero no fue necesario.

Los Márquez lo pusieron en auto sobre sus compañeros. Explicándoles que lamentablemente como humanos, cada quien evolucionaba y en muchos casos incrementaba sus fortalezas con esfuerzo y trabajo creativo… que en general lo habían hecho todos ellos. Pero en paralelo, también la evolución y sobre todo la realidad que les tocaba vivir, también revelaban o incrementaba defectos que cada uno de ellos tenía.

Ellos fueron muy cuidadosos con sus comentaros, pero le dieron a entender que había que trabajar con lo que se tenía a mano, dejando claro que los profesionales con quienes estaban trabajando tenían cada uno de ellos sus mañas e intereses, algunas de las cuales estaban contrapuestas. Para nada se mostraron utilitarios o interesados, sino más bien como lo que siempre habían sido excelentes docentes y conocedores de la naturaleza humana… además de la científica. ¡Eran como unos padres toreando a sus hijos¡

Para variar, por supuesto que la experimentación y resultados de la investigación también tomó gran parte de la velada.

Rodolfo no tenía tantas reservas con quienes habían sido sus tutores, así que ellos si estaban al tanto desde el principio de las características de los elementos presentes en los electrodos. Por supuesto, que siendo ellos muy de mentalidad nacionalista y moderadamente anti monopolios habían estado muy de acuerdo con las pruebas con el Níquel, como una alternativa ante el Paladio...más aun cuando en Venezuela existían minas de ese metal.

—Rodolfo, por supuesto que has pensado el efecto que puede originar en nuestro País y en todos aquellos que tienen como principal ingreso al Petróleo —comentó el doctor James.

—Claro profe... pero hay que pensar que la edad del petróleo tendría algún momento su final u ocaso... Además de ser una fuente energética no renovable todos sabemos que es muy contaminante. Por otro lado, la transición a una nueva forma energética siempre tendrá un período de transición y del petróleo se obtiene una gran cantidad de derivados que seguirán siendo necesarios...

La doctora Olga complementó —Por otro lado, como vemos se seguirá necesitando materia prima como el Níquel... y el Litio, que creo será fundamental por los resultados que estamos viendo con el electrodo que llamas "C". En este último caso, en Bolivia existen grandes yacimientos de este elemento.... Por esos yacimientos, se financió a la oposición en ese país para quitar del medio a Evo Morales.

Por cierto... definitivamente parece comprobarse tu hipótesis de que los neutrones que se generan al fusionarse los deuterios, y que impactan al Litio, generan formaciones de tritio.. el otro isótopo inestable del Hidrógeno...lo cual incrementa en gran medida la generación de energía... Chamo tenemos, por un lado, que seguir manteniendo ese "veneno", como dices tú, en secreto hasta que comprobemos estas reacciones y logremos hacerlas estables y reproducibles y por otro lado ir estableciendo los balances de masa y carga para poder sustentar los resultados.

— Algo como esto será altamente innovador y generará más revuelo... ¡seguro que si¡ —concluyó Olga

James dijo viéndolos a ambos— Lo cual me trae a colación nuevamente, que seguramente nos veremos envueltos en el ojo del huracán, si como estamos seguros logramos lanzar al mundo la Fusión Fría como tecnología energética que revolucione al mundo... Estamos tocando demasiados intereses...tenemos que estar ¡Mosca!... como dicen los chamos de ahora.

Olga, con cierta cara de molestia añadió — Debo decirte, Rodolfo, que de manera sorpresiva... cosa que nunca antes había ocurrido... hay repentinamente un inusitado interés de las autoridades Universitarias por hacernos unas auditorías sobre nuestros trabajos... ¡Sorpresas que da la Vida!.. Estamos haciendo ruido sin que hasta la fecha, nuestro trabajo, haya salido a la luz pública... ¡Parece que hasta la paredes tienen oídos!

Rodolfo salió de la casa de los Márquez con más inquietudes. Se dirigió al hotel con firme propósito de descansar de tantas sorpresas...

Pero las sorpresas no terminaban para Rodolfo Castello. Al llegar un tanto cansado y reflexivo a la recepción de su hotel, al llegar al mostrador, siendo ya casi el inicio de la noche. El dependiente, le saludó diciéndole...

— Buenas Noches Señor Castello... usted está en la Habitación 407 ¿No?

Ante la señal afirmativa con la cabeza, el hombre detrás del mostrador le dijo — Bueno, creo que le llego sorpresa amigo... su esposa vino hace un rato. Ella cuando vino, hace un rato, pidió la llave de su habitación...

— ¿Mi esposa?.. ¿Cómo...cuándo? — la cara de sorpresa creo que alertó o llamó demasiado la atención del dependiente que inmediatamente dijo...

— Si... bueno, ella se identificó como tal... espero no haber sido inapropiada mi acción... pero ella insistió tanto... ¡Me dijo que quería darle una sorpresa¡ Ella está esperándolo en el Restaurant — le dijo un tanto nervioso, señalando con el dedo hacia el local contiguo y pensando que quizás había actuado de manera incorrecta.

Rodolfo estaba perplejo...pensó "Mi esposa...!pero esto debe ser una broma¡", sin embargo no se quedó paralizado, sino que salió con rapidez hacia la puerta del Restaurant la cual abrió con gran curiosidad

Su sorpresa fue mayúscula, cuando vio con cara sonriente a una mujer que tenía en la mesa las llaves de su habitación...la 407 y que al verlo, con gesto muy femenino y coqueto, le indicó con el dedo que viniera hacia ella... ¡Era Kathy!

Rodolfo debía tener una cara de bobo sorprendido, ya que ella se sonrió al verlo casi paralizado en la puerta del Restaurant.

Al fin, él se movió hacia la mesa y se acercó hasta donde ella dándole un beso en la mejilla y diciéndole...

— Con que llegó mi esposa ¿no?.. ¡Tremendo susto que me distes! — soltando una carcajada.

— Bueno...yo podía haberlo sido... si me lo hubiera propuesto amigo...o por lo menos tu pareja,,,— dijo ella con una picardía e insinuación muy evidente.

—Vamos Kathy tú bien sabes que cuando yo me vine a realizar mi Postgrado ya estaba casadiiisimo y con tres hijas...Pero no te niego que si lo hubiera estado...otro gallo hubiera cantado entre nosotros — le dijo con cierta picardía.

—Lo que no entiendo... es porqué te asustó tanto que realmente fuera tu esposa...¿Dónde está ella?...¿están separados?

—digamos que si... Ella y mis hijas, están viviendo en Estados Unidos...Ya tiene dos años por allá...Tú sabes la situación del País, — ya sentado frente a ella y como para cambiar el tema le pregunto — ¿Quieres cenar o prefieres otra cosa...alguna bebida?

—La verdad... verdad... que preferiría subir a tu habitación. Si así lo deseas por supuesto, — dijo Kathy, haciendo una mueca sensual en sus labios

"Para que contar lo que hicimos en la alfombra.... solo basta decir que le besé hasta la sombra "... dice una canción del canta autor Roberto

Arjona. Esos versos o estrofa quizás puedan resumir las siguientes dos horas en la habitación 407…

La pasión de Kathy al llegar a la habitación, fue explosiva…las ropas de ambos fue quedando esparcida por toda la habitación a la par que las caricias eran cada vez más continuas y frenéticas. Ella llevaba el papel dominante y aunque Rodolfo, en oportunidades la doblegaba en el acto sexual, ella insistía en llevar las iniciativas… así que finalmente ella terminó montada sobre él como una jinete en un caballo…hasta que ambos llegaron al Clímax.

Luego de un descanso… volvieron a copular, esta vez con menos frenesí y llevando la iniciativa Castello… hasta que extenuados quedaron dormidos.

Al despertarse…Kathy, ya no estaba en la habitación. Pensó…" Guaoo… la verdad es que este fin de semana mis colegas del Postgrado.. me han dado unas cuantas sorpresas. Pero la de noche… fue lo mejor… la guinda que rebosó e iluminó la copa."

Mientras se levantaba, aseaba y preparaba para una nueva jornada de trabajo siguió pensativo

"La única que no entró en preguntas e indagatorias sobre los secretos de la experimentación…fue Kathy…. Aunque ¿Por qué solicitó las llaves de mi habitación?. ¿Sería que subió y estuvo aquí chequeando o buscando algo?"…lamentablemente empezaba a desconfiar de todo y de todos…

Ya casi listo para salir siguió con su línea de pensamiento "debo evitar ponerme paranoico… Pero eso no implica, tal como acordamos con los Márquez …que no estemos alerta"

Esa mañana curiosamente todos sus compañeros y particularmente Kathy, estaban como si no hubiera pasado nada.. Solamente se notaba cierto distanciamiento entre Humberto y Carlos…bueno, Felipe en algún momento de la mañana que estuvo a solas con él le dijo en voz baja.

—Hermano… espero disculpes la actuación este fin de semana.

 La respuesta de Rodolfo fue… —Tranquilo…¿es que paso algo?.. realmente la pase muy bien.

Ese fin de semana siguiente… para evitar situaciones sorpresivas Rodolfo, prefirió quedarse trabajando y ajustando resultados con la experimentación que estaba dando resultados muy alentadores.

CAPITULO III

Resultados Y Reacciones

Luego de tres semanas de trabajo continuo en CIQA, la fase experimental, había avanzado enormemente. El hecho de que la pandemia hubiera paralizado muchas actividades en la Universidad y muchos frentes donde normalmente hubieran estado laborando, había sido un elemento a favor para los investigadores del CIQA y la investigación de Rodolfo Castello, quienes coordinados férreamente por los Márquez, y muy motivados por los resultados favorables que estaban obteniendo se habían abocado y concentrado de manera continua a la experimentación, evaluación, estudios diversos y análisis de los resultados.

Las discusiones teóricas y técnicas de todos eran agotadoras.pero muy confortantes, ya que todos y todas se concentraban en lograr un solo objetivo ¡Materializar esta nueva y revolucionaria tecnología! y tener evidencias científicas irrefutables que mostrar a la academia mundial.

Hasta ahora los resultados que se estaban obteniendo eras muy reproducibles. La energía generada en todos los casos superaba siempre con creces la necesitada para iniciar la reacción. Aún la definición de la reacción, el balance de masa y de energía, estaba en precisión sobre todo al tratar de hacer proyecciones para una celda a escala de uso industrial.

La configuración y manufactura de los electrodos catódicos, era mantenido en reserva por el doctor Castello, quien los había construido en otras instalaciones. Tenía tres versiones de cátodo los cuales daban todos resultados, pero con eficiencias distintas. Uno de ellos era el que tenía mucho más alto rendimiento, aunque la reacción no era tan homogénea. El doctor Castello trabajaba con el equipo en precisar algunos parámetros para corregir esta situación.

Héctor,"Tico", se acercó ese viernes, con cierta cautela a donde estaban los doctores Márquez y Castello juntos y de manera muy discreta le dijo — Necesito, reunirme con Ustedes, en cuanto se pueda. Considero que solo debemos estar nosotros y hacer la reunión como si fuera algo de seguimiento y control.

Ellos se miraron entre si y comprendieron que había alguna información, de seguridad que seguramente ellos debían conocer. Levantaron la mirada y notaron que algunos de los presentes eventualmente los miraban.

Olga levanto un tanto el tono de voz e improvisó para despistar — Chamo… no me digas que no has revisado mi computadora… te dije que estaba funcionado muy lenta y eso fue luego de usar el pendrive que me prestó Rodolfo.

— Mi pendrive — dijo Rodolfo…viéndola con extrañeza. En ese momento captó que era una estrategia de la profesora para distraer a cualquiera que estuviera escuchando y le siguió rápidamente el juego.

— ¿Un virus'…Humm ¡puede ser!.. Tengo tiempo que no uso un antivirus — dijo viendo a los Márquez con insistencia. — luego miró a Héctor y continuó…

—Bueno Tico, vamos a la oficina de la profe Olga para chequear de una vez esto… No vaya a existir algo que dañe la información…

Así todos se movilizaron del laboratorio hacia un cubículo apartado. Al entrar discretamente cerraron la puerta. Allí Héctor en voz baja les dijo…

— Señores, quiero decirles que he estado detectando algunas situaciones que inicialmente me parecían casualidades… pero que en este momento ya me hacen mucho ruido. ¡Creo que tenemos "un topo" — ante la mirada de extrañeza de todos continuó... — creo que alguien del equipo está tratando de copiar y sacar información de lo que estamos haciendo aquí.

—¿Quee? Un espía...un vendido— dijo el doctor James — ¿Estás seguro de lo que dices Tico?

—Ya le había notificado algo a la doctora Márquez hace unos días.. mi preocupación, cuando notamos que alguien había permitido que personal de mantenimiento de la Universidad entrara a las instalaciones supuestamente por una operación institucional de inspección rutinaria. Afortunadamente en ese momento se logró evitar el ingreso de ese personal.

— Si, fue algo extraño.. — dijo Olga, más aún cuando no se pudo precisar quién dio esa instrucción, pero realmente no le dimos mucha importancia...no queríamos parecer paranoicos...

Luego de eso, precisé mis actividades de revisión y he detectado dos situaciones más que me llaman la atención — dijo Héctor. Pude frenar un malware que se estaba intentando ingresar a la red informática... y, en los videos de las cámaras, en dos oportunidades, hay evidencias de alguien que parece conocer los puntos ciegos de la cámaras y que se mueve en el laboratorio, evitando ser precisado. Esta persona, ha estado en dos oportunidades cerca de lugar donde se hacen sus experimentaciones justo cuando el lugar esta sin nadie más.

El doctor James, alarmado, dijo — Un malware.. ¿Esos programas que engañan al sistema y sus usuarios para enviar información interna? ..¿los que usan los hackers?

Tico respondió con la cabeza afirmando — Esos mismos...Afortunadamente logré detectarlo a tiempo y lo anulé...

James, preocupado, dijo — ¡Mierda!.. Quiero ver contigo bien esos videos de las cámaras

Castello, quién estaba pensativo y con cara de mucha preocupación, dijo — Amigos quiero decirles que nada de esto me resulta extraño...

Todos se quedaron mirándolo, como esperando que continuara. —Quiero que sepan que curiosamente mis oficinas y laboratorio en donde trabajaba en Ciudad Guayana.... Fueron asaltadas y requisadas en detalle, justamente la semana pasada...

Todos lo miraron y él siguió —Lo otro... No sé si enteraron o si es demasiada coincidencia...pero igualmente la semana pasada, el laboratorio de Microscopía electrónica y difracción de Rayos X en Cumaná y los de Ciencia de los Materiales, en Ciudad Bolívar... donde, gracias a colegas muy cercanos, hago mis evaluaciones de materiales, fueron vandalizados y destruidos.

—¡Queeé! No puede ser — dijo Olga alarmada

—Analicemos las cosas con calma...Por favor — dijo James. —Estamos conectando hechos que pudieran ser aislados. No quiero decir para nada, que hagamos total abstracción, sino que de manera rápida analicemos los hechos expuestos por Héctor y con los otros expuestos por Rodolfo y decidamos qué hacer... ¡Sabíamos en qué nos estábamos metiendo!

—Me preocupa sobre manera el riesgo a los que puedo estar exponiéndolos — dijo Rodolfo.

Olga dijo— Tranquilo... Estoy de acuerdo con James ¡Sabíamos en que nos estábamos metiendo! Y les digo algo... ¡Bien vale la pena! Sin embargo algo si me preocupa... y es qué alguien del equipo pueda estar involucrado en esto.

Todos se miraron las caras y se quedaron muy pensativos

— Por lo pronto, sigamos sin decir nada a los demás. No hagamos evidente que hemos detectado algo extraño... así, él o la espía, seguirá intentado hacer su trabajo y quizás podamos descubrir de quien se trata. — sugirió Olga

Todos estuvieron de acuerdo.. El doctor James se fue con Héctor a revisar los videos y Olga se quedó con Rodolfo discutiendo acciones y estrategias a seguir. Luego de evaluar durante un buen rato varias opciones, salieron como si nada ocurriera a seguir con las experimentaciones y análisis.

Luego de un rato de hacer seguimiento, la doctora Olga, coincidiendo con el regreso a las dependencias de Janes y Héctor convocó a todos los presentes a una reunión de seguimiento e información. Esto no les era extraño...ya que ella normalmente hacia esto cuando quería integrarlos a todos.

Estando todos presentes ella dijo — Chamos y chamas — esta era una expresión típica de ella para sus estudiantes y pupilos — Quiero felicitarlos y agradecerles por su trabajo y dedicación, así como decirles que evaluando, con el doctor Rodolfo el desarrollo de la investigación que hemos avanzado aquí, coincidimos que ya tenemos material suficiente para iniciar los procesos de protección intelectual.

Ante la atenta mirada de todos dijo — ¡Si, las patentes...! — Hizo una pausa un tanto teatral y continuó — Hemos clasificado el trabajo realizado. Todos estaremos de acuerdo que la Patente principal le corresponde al Dr. Rodolfo, sobre todo la relacionada al diseño de los cátodos...sin los cuales... no se diera la Fusión Fría o reacción nuclear de baja energía –LEN, que hemos logrado comprobar. Esta información él la tiene muy reguardada y tiene unos postulados que, según me dijo, quiere exponérselas pronto a todos. Fuera de eso, gracias al trabajo conjunto que hemos realizado aquí, hemos previsto varias patentes asociadas, que están vinculadas a procesos de canalización de esta energía y las condiciones del sistema, que garanticen la reproducibilidad, y allí estaremos todos, como coautores... Chamos y Chamas...¡pasaremos juntos a la historia!...¡Como un equipo!

Luego de mirar a Rodolfo con cara de complicidad indicó hacia donde estaba la celda electrolítica ensamblada y dijo — En esa celda, está el corazón de esta tecnología. Si alguien se la llevara tendría la clave de la tecnología.

Rodolfo intervino y dijo — De acuerdo con lo expresado por la

Doctora Olga a todos…les quiero decir que luego de este fin de semana, en unos dos días más, para resguardar esta tecnología llevaré los resultados para ser registrados y así protegerlos intelectualmente. Caso contrario, cualquiera puede robarse nuestro trabajo y exponerlos como de su autoría o… contrario a nuestra intención privatizarla y hacer negocio lucrativo y controlado de ella.

¡La trampa se había armado!... La idea que Olga y Rodolfo habían acordado era hacer que él o la persona que estaba tratando de robarse el secreto de esta nueva tecnología, se viera forzado a arriesgarse para evitar que esta fuera protegida y patentada.

Todos estaban avisados, se les convocó a todos para que día lunes participaran en la revisión de los reportes y soportes básicos que se resumirían para la Patente y los informes o abstracts que se enviarían a la Sociedad Venezolana de Electroquímica y a los expertos internacionales que fungirían como evaluadores expertos para las publicaciones científicas en sus memorias.

Jhon Díaz Barragán estaba en su habitación recostado en la cama definiendo sus próximos pasos.

Se había cambiado ya, tres veces de Hotel en el tiempo que había llegado a Mérida. Era un protocolo de seguridad que aplicaba usualmente. ¡Nunca se sabía quién lo podía estar siguiendo!.

Recostado sobre la almohada viendo al techo, pensaba que las cosas no le estaban saliendo tan fáciles, como él originalmente había supuesto.

Primero, según se enteró por su contacto, Rodolfo Castello, aparentemente aún no tenía totalmente precisada la tecnología de la fulana Fusión en Frío, y esa era la razón de porque él se había contactado con los Márquez para así aprovechándose de todo el aparataje que tenían en el Centro del CIQA y la ayuda de un grupo de excompañeros y expertos en electroquímica finiquitar la experimentación que precisaba para concretar la tecnología.

El, por supuesto, que no se quedó con la información que le había suministrado su contacto, usando algunos de sus habilidades había logrado infiltrase en las instalaciones de las edificaciones del campus Universitario, donde estaba el CIQA.

Había logrado que lo presentaran como una especie de supervisor del área de Bienes Nacionales. Así con unas credenciales que logró y que aparecían refrendadas por el Vicerrector administrativo de la Universidad, se le habían abierto las puertas de las instalaciones, ya que esos funcionarios tenían la responsabilidad de hacer inspecciones de las edificaciones, equipos e infraestructura para verificar que los recursos del estado se estuvieran resguardando y utilizando adecuadamente.

¡El dinero lo puede todo! Así como la habilidad para falsificar documentos y lograr prebendas.

El hecho fue que así, de manera discreta, pudo acercarse a las instalaciones del CIQA, y oír comentarios del personal de servicios y de mantenimiento que le confirmaron que desde que había llegado el Doctor Castello, se había armado un equipo, que trabajaba intensamente en un proyecto especial.

Pudo así enterarse y ratificar que las experimentaciones estaban aún en curso, al igual que se habían incrementado los niveles de seguridad para accesar a los laboratorios y a las redes informáticas.

Pudo igualmente, sin ser notado tomar registros fotográficos de los miembros del equipo, tener los planos de las instalaciones y de los edificios del complejo, así como identificar detalles más precisos de los investigadores que estaban laborando frenéticamente en la experimentación, números telefónicos, dirección de habitación, carros y medios de transporte, quienes eran sus familiares cercanos y hasta si tenían algún pecadillo… saber de qué pata cojean, como se dice vulgarmente.

Así empezó su tarea de inteligencia para tener los records de ellos. Eso era importante para tener claro el escenario donde se movía. Quería saber los puntos débiles que pudiera utilizar así como intentar identificar quién era la persona que fungía como su contacto internamente.. No había muchas mujeres. Fuera de la Doctora Olga, a quien descartaba inicialmente, estaban las doctoras Ksenia, Belkys y Kathy. ¡Cualquiera de ellas podía ser!

Claro que también podía ser un hombre, que hubiera inventado o generado una estrategia de camuflaje para confundirlo a él. ¡No descartaba nada!.

Lo otro que lo había retrasado, era que no había podido hackear al sistema informático del CIQA, ni intervenir los teléfonos celulares, ni cámaras internas. Había incorporado a alguien, un tal Héctor Molina, que era un experto en manejo de sistemas informáticos. El muy condenado, había logrado instalar diferentes protocolos, equipos, corta fuegos que, impedían que desde los laboratorios, se pudiera trasmitir información hacia el exterior.

Inclusive, había detectado y anulado un malware de última tecnología que él intentó incorporar a la red, apoyándose en personal de sistemas de la propia Universidad. Todo eso engañándolos como el supuesto funcionario de Bienes Nacionales que era un ente que infundía respeto por qué era una instancia contralora.

Lástima que había acordado... ¡cero violencia!... sino ya ese Héctor, estaría con el mosquero en la boca y todo hubiera parecido un accidente.

En virtud de que el tiempo para cumplir el trabajo para que fue contratado, se había extendido, lo primero que hizo fue recabar la mayor cantidad de información que le pudiera servir para cuando entrara en acción firme y, dado que el Doctor Rodolfo se presentó al CIQA con un proyecto ya avanzado, tomó la decisión de movilizarse por una semana hasta el sur del País, para ver si en los lugares donde Castello había estado trabajando podía tener información de los fulanos electrodos y de algunos de los resultados de su experimentación.

En Ciudad Guayana, logró entrar subrepticiamente a las oficinas, laboratorios y computadoras que usaba Castello…!pero no consiguió nada concreto¡. Por supuesto que debió simular un robo para no dejar rastros ni suspicacias. Si pudo enterarse, por las pesquisas que realizó, la información de los laboratorios y personal especializado que el Doctor Castello, había utilizado para sus análisis de comprobación.

Entonces fue cuando contrató a unos maleantes para que por él, se encargaran en dos ciudades vecinas, donde estaban esos centros de investigación, de robar toda la información disponible asociada a los trabajos que le habían realizado al Doctorcito. El trabajo desastroso de esos maleantes, ocurrió como siempre pasa cuando uno no hace sus propias tareas. Definitivamente fue como mandar a un elefante a moverse en una fábrica de vidrios ¡Puro desastre y destrucción!

Afortunadamente, con la situación política y polarizada del País, toda la culpa recayó en extremistas y maleantes. Los medios de comunicación y las redes sociales inventaron miles de culpables distintos a él o a quienes había contratado.

Jhon haciendo un balance de ese viaje, lo calificó de ¡pura pérdida!… aunque luego de pensarlo bien, sabía que podía servir también para que cuando Castello y sus colaboradores se enteraran de estos hechos, sintieran miedo… y el miedo, es mal consejero.

Según lo que le había informado esa noche su contacto… parece que el miedo funcionó, eso, de que en dos días iban a hacer una protección intelectual del descubrimiento… no era casual. Definitivamente tenía que actuar y… lo de cero violencia ya no era una opción.

En un lugar de Estados Unidos, se reunía Robert Smith de la Corporación Dupont, con representantes de empresas e industrias de Petróleo y Automotrices Occidentales.

Era una reunión confidencial, que él manejaba como líder del sector financiero y tecnológico. Estaba así secretamente cumpliendo con los acuerdos que a muy alto nivel había recibido del grupo conocido como New Age.

Los presentes lo oían con atención, sabiendo que ellos eran dependientes de este grupo Mundial y de los consorcios financieros quienes eran los que estaba imponiendo, calladamente un Nuevo orden mundial.

Smith, impecablemente vestido y con aires de superioridad les decía...

— Señores estamos en este momento, querámoslo o no, ante una transformación a nivel mundial en una era Post petrolera impulsada no casualmente, entre otras cosas, por la pandemia de la Covid. ¡Estamos a un paso de una nueva forma productiva que implica una nueva revolución tecnológica la cual ya está en nuestras narices!

— Sabemos también que las llamadas revoluciones tecnológicas son un poderoso y visible conjunto de innovaciones con la capacidad de dar un fuerte impulso, a manera de ondas a nuevos productos e industrias. Este proceso incluye un conjunto de elementos como el de la generalización del uso de un insumo o materiales cruciales, además de nuevos e importantes productos, procesos, y por supuesto... ¡una nueva infraestructura!

— En cada crisis se impone la adaptación del más fuerte, para lo cual es necesario imponer y dominar los paradigmas tecno-económicos, que son utilizados para dar dinamismo a la economía. Los cuales definen la forma en que se deben llevar a cabo las cosas de manera normal, permitiendo la obtención del éxito — realizó una pausa como para hacer énfasis en un mensaje para los presentes...— ¡solo para aquellos que se adapten al uso de las mismas, y destinando al fracaso a aquellos que no lo logren!

Uno de los representantes de Chevron indicó — Todos estamos claros en la necesaria transición de las industrias petroleras hacia las energías renovables y en que la pandemia ha acelerado esta realidad aún más. Más aún con la realidad económica mundial... estamos ante una marejada económica, con una recesión mucho mayor que la ocurrida luego de la Segunda Guerra Mundial que han llevado a nuestro sector a adelantar el pico de consumo de crudo a solo una década.

Esto fue ratificado por un representante de las automotrices — La caída de los precios del petróleo sabemos es transitoria pero fluctuante... el fin de la era de vehículos a gasolina o diesel es un hecho... el asunto es que estamos cada vez más presionados por tener energías más limpias por un lado y por otro lado por la crisis sanitaria generada por la pandemia, la cual acelera otras vías: el teletrabajo, el menor uso del avión y del parque automotor así como el cambio de hábitos con un mayor consumo local y menor movilidad. Ahora...todos sabemos eso...Me parece que estamos lloviendo sobre mojado...la cuestión es... ¿qué hacemos? — dijo con seriedad mirando a Smith como pidiéndole concreción.

—¿Qué hacemos? — Repitió Smith — ¿Cuál es la tecnología energética en que nos debemos focalizar para garantizar la seguridad económica?.

Smith hizo una pausa viendo a los presentes y esperando algo concreto de ellos... Ante el silencio de todos, continuo...

— Deben saber que es un proceso de fusión nuclear que fácil, ambiental y económicamente pueda generar la Energía eléctrica o mecánica necesaria. Ahora...la clave señores es trabajar para nosotros, tener mayor o total dominio de la capacidad tecnológica-industrial de ese desarrollo tecnológico. Esta capacidad se basa en tres componentes que debemos controlar... 1) la atracción y el aseguramiento del capital intelectual; 2) el acceso a la tecnología y 3) la protección de la innovación y propiedad intelectual de la fusión nuclear... ¡que esté en nuestras manos! Para lograr este último componente debemos precisar la información y el conocimiento clave, lo cual nos permitirá producir un bien de forma eficiente, con características únicas y atractivas. Por tal razón, la información sobre procesos de investigación y desarrollo - I+D -, en Fusión Nuclear junto con la de sus patentes y de quienes las están generando, son los factores que nos garantizarán la supervivencia de nuestras empresa a lo largo del tiempo...!Fusión Fría es la Tecnología de fusión Nuclear a dominar¡

Todos se miraban entre sí, como no queriendo ninguno demostrar que no sabían cuál era esa fulana fusión fría del que el expositor estaba hablando

Smith, seguía con su exposición—Nosotros en este momento impulsamos acciones que puedan incluir desde el robo de patentes y la imitación de bienes a partir de planos o prototipos sustraídos, o inclusive, a través de procesos de ingeniería inversa basados en un producto final, el cual podría ser duplicado sin haberse pagado las regalías al dueño de la tecnología empleada en esta tecnología... !Fusión Fría¡

El representante de Chevron sorprendido... a diferencia de los otros, se atrevió a preguntar — ¿Fusión Nuclear? ¿Fusión Fría?.. Hasta donde se... ninguna de las petroleras mundial, que estamos invirtiendo en las nuevas energías trabaja en esa tecnología. Casi todas las petroleras están jugando con otras opciones. La francesa Total o la portuguesa Galp están apostando a lo grande por la energía solar, especialmente centradas en la península Ibérica. La británica BP, ha sido una de las primeras en lanzarse al ruedo con las energías renovables y se ha decantado por los biocombustibles y el viento. Y mientras Equinor, con mucha experiencia en pozos marítimos, ha puesto el foco en los molinos de viento en mar abierto. Por otro lado, la angloholandesa Shell, que busca su segunda reconversión total, quiere hacerse fuerte en el hidrógeno verde sin perder de vista la alternativa solar y la eólica.

Smith, demostrando que dominaba con profundidad el tema lo

complemento

—…Y en la península arábiga, Saudi Aramco, la mayor petrolera del mundo y una de las mayores empresas del planeta por valor en Bolsa, ha optado entre sus planes para moverse a las renovables utilizar para ello placas solares en el desierto. En Estados Unidos ExxonMobil empezó a tomar posiciones en proyectos de energía solar y eólica en Texas, la cuna petrolera de Norteamérica, que está virando a marchas forzadas a las fuentes limpias

Smith viendo con sorna a quien más había participado últimamente, continuó con su dominio en el tema, diciendo —También sé que la empresa que usted representa, Chevron, acaba de acordar entre bastidores una potente inversión para cubrir investigaciones en otras opciones energéticas…¿o no es así?

Al representante de la Shell no le quedo de otra que asentir con la cabeza y Smith continuó…

—Como ven, las empresas petroleras, así como las automotrices están cada quien por su lado…con alternativas todas de energía renovable y limpias. Así que es oportuna nuestra intervención para liderar con la opción que sabemos que resultará triunfadora la cual es…repito ¡Fusión Fría!.

—He estado haciendo y centralizando para la empresa Dupont y sus asociados de New Age, un monitoreo, espionaje y seguimiento a esta tecnología, que inicialmente fue propuesta en 1987 por Fleischmann y Pons… y les digo que es necesario que ustedes, las empresa minero – petroleras, siguiendo nuestros lineamientos se orienten para abocarse al desarrollo de las estrategias para dominar todas la explotación y producción de los metales claves: Paladio, Níquel y Litio. ¡Debemos apoderarnos de esos yacimientos!. Sus investigadores deben ponerse a trabajar con urgencia en escalar las tecnologías para fabricar concentrados de esos materiales y convertirlos en nanopartículas.

— Y ustedes las automotrices vinculadas a nuestras corporaciones, deben concentrase en desarrollar prototipos de autos, carros voladores tipo drón que sean impulsados por celdas electrolíticas generadoras de Fusión Fría.

—Pero...— dijo uno de los representantes de las automotrices... que había estado pacientemente escuchando — Necesitamos más información de esa tecnología. Porque seguramente, está asociada a los carros eléctricos ¿no?... y en esa área hay muchos trabajos y prototipos, el problema fundamental es el tiempo de autonomía, el peso de la batería y los costos...

Poniendo cara de autosuficiente, Smith, les dijo — Les Adelanto que la tecnología asociada a Fusión Fría , trabaja con una celda electrolítica cuyo electrolito... es decir para nosotros el combustible sería.... agua de mar

El representante de las automotrices reaccionó inmediatamente...como dudando de lo novedoso de la tecnología que Smith pregonaba. Exclamó —Ya existen carros que funcionan con agua de mar... ¡Eso no es nada nuevo! Se tiene el modelo Quantino fabricado por Nanoflowcell, una empresa de Liechtenstein, El prototipo fue presentado a finales de 2016 y desde entonces, ha recorrido más de 500.000 km como prueba de su funcionamiento y fiabilidad... Por supuesto que ya se le han hecho mejoras... alcanzando autonomías de hasta 1000 Km... pero debe almacenar unos 300 litros de agua de mar, con algunos aditivos y hasta donde se... si funciona con una celda electrolítica... pero el balance de costos respecto a los carros con hidrocarburos, no es muy diferente. Solo que por supuesto no es contaminante...

Luego siguió dando muestras que dominaba con profundidad el tema, mientras Smith lo miraba paciente...

—El auto acelera de 0 a 100 km/h en 2,8 segundos y alcanza una velocidad máxima de hasta 450 km/h con un peso de 2.300 kg. Tiene cuatro motores eléctricos, uno por cada rueda, y cada uno de ellos otorga una potencia máxima de 231,2 caballos para llegar a acumular un total de 925 caballos de potencia.

Todos estaban atentos a la reacción de Smith... quién con calma les aclaro…

—Si amigo… sé de qué hablas… pero eso no es fusión fría… Esa es simple tecnología REDOX. Así el auto que cuenta con dos depósitos con sales metálicas - de ahí la relación con el agua de mar- usa electrolitos ionizados que mediante una membrana semipermeable favorece un intercambio de protones de un depósito a otro y en este intercambio es cuando se produce la energía eléctrica que luego mueve el auto.

—Pero para que estemos claros y vean la importancia de la tecnología que estoy promoviendo, les digo que… la NASA, luego de las experiencias de Fleischmann, y Pons siguieron investigando el uso del agua de mar para generar energía y consolidaron una batería que combinó una pila de combustible y una batería electroquímica. Logrando establecer una patente con una tecnología que la NASA uso para mejorar el almacenamiento de energía en vuelos espaciales. Pero para nada lograron realizar de manera estable los procesos de Fusión Nuclear.

—Señores la tecnología que vamos a promover multiplica por 100…óiganse bien: ¡100 veces más la autonomía de un vehículo eléctrico actual!. Por eso debemos manejarla adecuadamente. Tenemos que dominar y ser dueños de esa tecnología, Ya que cambiará al mundo y puede también afectar nuestros negocios. ¿Se imaginan un auto que no requiera combustible por 100.000 Km?, ¿Qué use combustible agua de mar? ¿Un auto drón, que a diferencia de los actuales prototipos, en lugar de media hora de autonomía tenga 50 horas?... Debemos hacer que los dueños de esos autos… sigan amarrados a nosotros… empresas energéticas y automotrices y financiadoras…¡Sino todos ustedes estarían quebrados!.. y endeudados con nosotros.

Se oyeron por toda sala varias peticiones de los asistentes con cara de preocupación

—¡Necesitamos lo más pronto posible la información de esa Tecnología!

—¡Hay que tener esa Tecnología en nuestras manos!

Smith, con una sonrisa de triunfo, se levantó, como dando término a la reunión, añadiendo

— La tendrán…la tendrán… pero saben que eso está asociado a que sus empresas se amarren más a nuestra corporación y a las de New Age. ¡Igualmente tendrán que aceptar nuestras condiciones¡

Al salir todos, Smith, procedió a revisar en su portátil, usando un sistema de decodificación los mensajes que había recibido de varias partes del mundo… Se concentró en dos que le habían llegado de Venezuela.. Uno era de un contacto de alto nivel gubernamental que trabajaba para ellos quien le daba un parte sobre unos los desarrollos más avanzados en Fusión Fría y de las estrategias para tener los datos de la patente asociada. La información precisaba datos del Investigador principal un tal Dr, Rodolfo Castello y de sus colaboradores.

El otro mensaje era de uno de los mercenarios contratados para extraer a toda costa información clave. Alguien que estaba en el teatro de operaciones…

Luego de leer este último informe dijo entre dientes…— Humm… Creo que tenemos algo grande entre manos..

Definitivamente, Einstein era un genio, pensó… y todo se resume en su ecuación $E = mC^2$ … la ecuación más famosa del mundo

"La energía (E) es igual a la masa (m) multiplicada por el cuadrado de la velocidad de la luz (C^2)…. Eso lo explica todo…Obviamente, la velocidad de la luz ya es una cifra enorme, y su cuadrado resulta casi inconcebiblemente mayor. De ahí que una diminuta cantidad de materia, si se convierte completamente en energía, genere una fuerza enorme….

"Siiii"…se dijo para sí mismo mientras se acariciaba la barbilla… "Expresado de una manera más gráfica: la energía contenida en la masa de una uva pasa podría satisfacer casi todas las necesidades energéticas de la ciudad de Nueva York durante un día entero".

"Esta tecnología puede ser muy peligrosa... si no lo controlamos. Si como me dicen esta energía de la fusión fría es tan fácil y económica de producir y no la controlamos... Se podría repetir lo que ocurre con la energía que nos da el sol... algo que no podemos cobrar."

"Habrá que evaluar si se aplica una estrategia como cuando el auto eléctrico en California....Donde los usuarios no podían comprar los vehículos...sino alquilarlos. Y por supuesto las refacciones y los servicios de control, de manera obligatoria con las concesionarias... y en el caso de las empresas de energía y actuales consorcios petroleros...enfocarse más en las petroquímicas, polímeros, plásticos y por supuesto en la explotación minera y procesamiento de Níquel, Paladio, Litio y sus nanopartículas."

Parado y viendo a la Ciudad desde una amplia ventana, sintiéndose con el mundo a sus Pies... siguió pensando... "Con razón cuando los investigadores Fleischmann y Pons la expusieron a finales del siglo XX... el sistema buscó la forma de impedir que se materializara o de adueñarse de la tecnología como lo hiso la NASA y las corporaciones militares americanas.... Pero estamos en otra época y necesitamos concretarla...y también dominarla."

"Menos mal que tengo otro contacto clave en Venezuela, que está directamente trabajando en el desarrollo más adelantado de esta tecnología."

A él le gustaba trabajar sobreseguro y quería tener una carta alternativa a Jhon Díaz Barragán.

CAPITULO IV

Acciones Agresivas Y Explosivas

El fin de semana, se dedicaron bajo el monitoreo de los Márquez a un trabajo de equipo evaluando en equipo y de manera exhaustiva y crítica los análisis de resultados que hilvanaban todas las evidencias que habían medido con la teoría física, de materiales y electroquímica, así como las ideas básicas para elaborar prototipos que pudieran convertir o direccionar la energía que se producía en la celda para generar potencia, movilidad, calor, electricidad. Igualmente se evaluaban los balances de masa y energía para demostrar la eficiencia del proceso en el tiempo.

Fue un trabajo arduo, donde nuevamente todos se involucraron, sin diferencias, para concretar un trabajo que resistiera los ataques y embates que seguramente tendrían de los árbitros científicos.

 En la reunión ya prácticamente de ajustes finales a los soportes resumen construidos a partir de la interacción de muchos resultados de diversos equipos de medición con instrumentales y sensores, químicos, físicos, fisicoquímicos, de espectrometría y difracción de RX, relacionados con microscopía electrónica, Rodolfo había elaborado unos gráficos utilizando programas de computación de manejo estadístico y probabilístico, que les exponía a sus colegas. Él, quizás por ser docente era muy esquemático y aunque utilizaba todas las ecuaciones asociadas, sus explicaciones eran muy sencillas...

— Amigos y amigas, he tratado de resumir de manera esquemática la explicación de los resultados que soportan la tecnología que estamos consolidando.

— El hidrógeno y sus isótopos presentes en el electrolito se introducen mediante carga catódica en las nanopartículas y al confinarse en la red cristalina genera un cambio en las distancias interatómicas. Al estar comprimidos se favorece los fenómenos de fusión atómica y la liberación de grandes cantidades de energía. La variable operativa, que antes era la presión parcial del hidrógeno, ahora es el potencial aplicado en la entrada del sistema de difusión. Como parámetros del modelo se agregan aquellos concernientes al electrolito, a la cinética de desprendimiento de hidrógeno y sus isótopos, al transporte de ellos desde el electrolito hasta el cátodo y las reacciones en cadena entre los tres tipos de elementos de que están hechas la nanopartículas en el cátodo.

— A continuación se plantean las reacciones químicas, cinéticas y electroquímicas en la superficie del electrodo, de acuerdo a los mecanismos mencionados. y sus ecuaciones cinéticas. Para plantear las ecuaciones utilizo los conceptos clásicos y Mecanismos de Volmer-Tafel y VoImer-Heyrovsky...

Dicho esto, que para cualquier cristiano español o aglosajón... sería como hablarle en chino o en árabe, Rodolfo Castello, expuso unas gráficas de presión, Concentración y Temperatura... complementadas por unas de energía, con una serie de ecuaciones complicadas para cualquiera que no fueran los allí presentes.

Para ellos las explicaciones, hechas de manera muy fluida por Rodolfo, generaban expresiones asertivas y de respaldo. Rodolfo magistralmente había resumido las explicaciones científicas en una especie de resumen muy preciso.

Dijo para finalizar — este resumen será el que presentemos, si todos estamos de acuerdo, a los expertos y como soporte a la oficina de patente.

Luego, viendo con cierta complicidad a los Márquez, dijo — Este resumen que es clave para la patente... quedará aquí en el disco duro hasta que sea definitivo... esperando cualquier contribución de Ustedes. Por supuesto, también la conformación del electrodo, es clave para cualquiera que quiera replicar nuestro trabajo... — y señalando a la celda electrolítica — a menos que... claro se la robaran e hicieran Ingeniería inversa. Alguien que tenga este resumen y la celda tendría la clave de nuestra Fusión Fría.

Rodolfo estaba, siguiendo con una estrategia que habían planificado la cual solo además de los Márquez, la conocía Héctor Molina. De manera real, ellos intentarían el día martes, ir hasta la Capital para hacer efectivo el registro de la Patente, pero estaban dejando un cebo para el "topo" que estaba en equipo. Esperaban agarrarlo con las manos en la masa, gracias a unos dispositivos que había instalado Héctor, que ellos solo sabían dónde estaban ubicados.

Humberto Millán, se levantó y comentó — El resumen que presentaste, precisa muy bien los fenómenos que hemos medido. Ahora creo que no están aún aclarados los aspectos de construcción del cátodo. Me supongo, que tienes esta información, con todo lo relativo a las nanopartículas, su síntesis y forma de ensamblaje en el cátodo... en un resumen adicional, para otra patente.

— Así mismo es... de hecho son tres patentes diferentes que estaré presentando al particular. En ellas la autoría es singular y propia... por supuesto en la otra patente si está el equipo presente involucrado, como equipo CIQA. — Rodolfo le aclaró la pregunta y continuó viendo a sus compañeros presentes — Los aspectos asociados a cómo utilizar la energía y la fabricación industrial de las celdas y sus acoples... pueden originar muchísimas variantes. Hasta ahora los ejercicios que hemos estado haciendo y vislumbrado son ilustrativos... Allí creo que tendremos trabajo a futuro, en grandes cantidades. Por supuesto al estar asociados a la celda que estamos impulsando y que patentaremos Dios mediante, el martes, cada uno de nosotros tendrá oportunidades de vincularse ya que creo que no daremos abasto para el trabajo que nos espera. Considero que Kathy, Humberto y Carlos pueden ser claves en esto. Inclusive Héctor Molina, ya que el área de Sistemas es vital para los procesos de control de proceso.

Al decir esto, Castello, observó con detenimiento las caras de los mencionados. Notó inmediatamente la mirada de recelos de Humberto hacia Carlos.

—Eso sin contar con las participaciones en eventos científicos y de difusión a nivel mundial — Mirando a Roberto y a Belkys — algo de eso ya he hablado con algunos aquí presentes. La interacción con la sociedad nacional e internacional de Electroquímica tendrán como pilares a los Doctores Márquez y Ksenia... En eso, creo que todos estamos de acuerdo, ya que ellos en representación de CIQA son claves para lograr el reconocimiento científico a nuestra alma mater.

— Finalmente, quiero expresarles... mi gratitud y decirles, que espero estar equivocado, pero con seguridad al exponer a la Sociedad Mundial nuestra tecnología, se generarán muchas ofertas y presiones diversas que buscarán dividirnos para sacar provecho y partido, así como para desmerecer y hasta desprestigiar nuestro trabajo... es posible que hasta salga alguien diciendo que nosotros los hemos plagiado. ¡No les extrañe nada!

Los murmullos y comentarios inmediatamente empezaron a surgir...así que intervino la Doctora Olga para poner orden...

— Chamos y Chamas... Lo expresado por Rodolfo, es a mi forma de ver... muy probable. Ustedes saben cuan duro, competitivo y cizañero es el mundo científico, más aún cuando se está expresando nuevos conocimientos. Seguro recibiremos un ataque sin contemplaciones de los Físicos debido a los mecanismos de Fusión atómica. Aquí el papel de Felipe como físico del equipo es clave. Recuerden que estos fueron los que más atacaron en su momento a Fleischmann y Pons. Afortunadamente tenemos muchas evidencias que respaldan este fenómeno de fusión atómica en que estamos trabajando.

— Bien, dijo para finalizar, descansemos por hoy… mañana lunes a las diez de la mañana, nos reuniremos. ¡Descansen bien¡. Saldremos y aseguraremos bien el laboratorio al salir.

◆ ◆ ◆

Al salir… Carlos Posada, se acercó en un momento en que Rodolfo estaba sólo y lo abordó con voz callada

— Rodolfo… es importante algo que debo decirte. Estoy seguro que Humberto u otro compañero posiblemente te hayan dicho que tengas cuidado conmigo… que soy un vendido, que traicioné a mis raíces cubanas. Tú debes saber que a pesar de que es cierto, mi distanciamiento de la Revolución… Yo sigo siendo una persona honesta y consecuente con mis principios y valores…Así que puedes contar conmigo.

— Seguro también sabes que actualmente, estoy trabajando para un consorcio internacional en el área química. Ellos podrían ser un aliado estratégico para promocionar "aguas abajo" la fusión fría. Debes seguro saber, que nosotros somos unos pececitos en un océano de tiburones… Así que no estaría de más de tener ciertos guías y protectores… que estarían dispuestos a ser muy generosos…

Rodolfo, sin inmutarse, observándolo fijamente, muy diplomáticamente le dijo — Guía… Protección…Generosidad… Eso Carlos, implica una inversión de parte de ellos… que seguro no es gratuita. Mira hermano, esperemos a tener la patente y luego evaluemos esa propuesta y otras… al particular…¿Te parece?

Rodolfo, se despidió de él, mientras pensaba…¿será Carlos el infiltrado?

Al Salir al estacionamiento lo esperaban los Márquez, quienes le darían un aventón hasta su hotel. En el auto se encontraba Héctor, así mientras se movilizaban, tuvieron una conferencia

El Doctor James, dijo — Bueno, estamos montados en un momento crucial… veamos las reacciones… ¡Bienvenido a mi casa le dijo la araña a la mosca¡ Por un lado veremos si hay algún movimiento extraño para intentar evitar que hagamos el registro de la patente y por otro lado si intentan robar la información sobre la celda…

— Hace un momento, Carlos me abordó y me propuso un acuerdo con el consorcio para quien él trabaja

— Queeé — dijo inmediatamente Olga — Vaya… ¡mire usted¡

Héctor comentó — Bueno veamos si las estrategias para captar algún movimiento extraño que ubique secretamente en el laboratorio funciona.

—Sí, Por favor…mantengamos contactos entre nosotros para monitorear todo. Esta noche del domingo y el día lunes son cruciales…ya que el martes estamos registrando las patentes y enviando el resumen a los árbitros científicos de las Sociedades de Electroquímica. ¡Lo haremos diferente a Fleischmann y Pons¡. Luego de la evaluación científica iremos a los medios — dijo el doctor James.

Al llegar a su hotel, Castello tubo una sorpresa… lo esperaba en la habitación Kathy. Eso le lució un poco extraño, ya que ella luego de la noche de pasión y sexo que tuvieron, lo estuvo evitando…o fue un tanto fría con él.

— Hola— le dijo ella, acercándosele y besándolo en los labios con un abrazo un tanto sensual, al que él le correspondió

Rodolfo pensó…" un encuentro sexual… no estaría demás para aliviar las cargas"

Rápidamente, pasaron del abrazo a revolcarse en la cama…

Luego del encuentro sexual, un tanto extenuados y recostados en la cama viendo hacia el techo… ella le dijo — sabes que estoy clara que estos encuentros son ocasionales…¿no?

Ante su mirada fija, ella siguió…— la vida me ha demostrado que una debe ser claro en estas cosas… por eso un tanto mi indiferencia en el trabajo.

— Te entiendo — le dijo él — Evitas involucrarte sentimentalmente… siempre los has hecho… quizás para evitar salir herida. Sin embargo, creo que algunas veces uno debe arriesgarse a vivir

—Hummm — dijo ella haciendo un mohín en su boca

Luego de una pausa ella añadió — Otra cosa… Hablando del trabajo. ¿No tienes miedo de que alguien intente robar o adueñarse de la tecnología de tus electrodos?.. Ellos son claves en la tecnología de Fusión Fría, ¿No? ¡Seguramente, tienen alguna estrategia al particularj.

Rodolfo se puso en alerta… pero actuó de manera indiferente. — Bueno Kathy, siempre habrá alguien que quiera hacer ingeniería inversa… Tu sabes de eso, ya que en la escuela de Ingeniería Mecánica, uno hace eso… los ingenieros aprenden haciendo evaluación del trabajo de otros, en muchas ocasiones…pero por lo pronto… confío en el equipo nuestro y ya sabes, este martes; haremos el registro y protección intelectual…que sabemos no nos va a blindar totalmente… pero siempre será un seguro.

Ella insistió — Bueeeno… Yo que tú estaría alerta. ¿Seguro que no han previsto con Héctor y los Márquez, algún sistema de protección?

—Claro que si — dijo él… — Tenemos las cámaras de seguridad, los sistemas de control de ingreso y los programas informáticos de control. —No hemos puesto nada adicional — mintió descaradamente.

Luego de un rato, ella se levantó, fue al baño…luego se vistió y se despidió… dejándolo pensativo…"demasiadas preguntas".

El lunes bien temprano, Héctor, estaba en las instalaciones de CIQA, revisando todos los dispositivos que había instalado para verificar que no hubiera ocurrido algún intento de ingreso…pero no… No consiguió nada.

Unos minutos después llegaron los Márquez y Rodolfo, quienes recibieron esta noticia con una alegría cautelosa. Estando todo bajo control, se dedicaron a organizar la reunión del equipo.

Estando todos reunidos… iban a iniciar la evaluación de cualquier aporte que pudiera enriquecer la presentación que había realizado Rodolfo el día anterior, cuando repentinamente fueron interrumpidos por una comisión que ingreso a las instalaciones.

Eran miembros del equipo de seguridad de la Universidad, acompañados de un representante de los bomberos y del decano de la Facultad de Ciencias. Ellos se reunían con Ksenia, como funcionario encargada del CIQA.

Se notaba desde lejos cierta urgencia, debido a las expresiones y caras de preocupación que tenía la comisión que pareció contagiársele a Ksenia.

Ellos ingresaron a la sala donde todos estaban reunidos de manera un tanto apresurada…

Habló Ksenia — Compañeros y Profesores, me están informando, que estamos ante una situación de emergencia y que debemos rápidamente salir de las instalaciones

Todos se vieron las caras con duda, cuando intervino la mujer que representaba al Decanato. — Esto no es un simulacro, ni algo optativo señores ¡deben desalojar la instalaciones!…Hemos recibido un mensaje, de amenaza de atentado.

Justamente en ese momento, se alcanzó a oír una fuerte explosión que hizo temblar las instalaciones, lo cual generó gritos internos y externos. Los presentes en la sala de reuniones, se vieron las caras, con susto y empezaron a salir casi corriendo hacia la salida.

Una segunda explosión…ahora más cercana, volvió a ocurrir en el exterior. La onda expansiva rompió varios de los cristales de las ventanas. Mientras todos salían con cara de sorpresa y miedo.

Al salir del edificio notaron mucho humo que provenía del estacionamiento frente al edificio de Ciencias y mucha gente saliendo apresuradamente de los edificios vecinos.

Entre empujones y apuros del entorno, Rodolfo, realizó un paneo de su entorno. Estaban muy junto a él los Márquez, Roberto y Héctor…buscó a sus otros compañeros… pero en ese momento no los divisó…

Como pudo, se acercó a Héctor y al llegar a un recodo en el cual había un pasillo lo haló hacia él. Este se le quedo mirado un tanto sorprendido

—Aquí hay algo que me huele mal…— le dijo

Tico le respondió — Son los explosivos… hermano…¿Qué te pasa?… ¿Por qué nos detenemos?

—Héctor… creo que esto es una distracción— le dijo — Fíjate… faltan algunos del grupo…No diviso a Belkys, Kathy, Felipe… ni a Carlos tampoco…

Ambos desde el pasillo, vieron hacia el personal que como rebaño asustado salían hacia afuera alejándose del edificio y del estacionamiento donde habían ocurrido las explosiones.

—Fíjate Héctor… las explosiones ocurrieron en los depósitos de basura… ¿Qué sentido tiene? — Efectivamente, desde el lugar donde estaban se divisaba el estacionamiento y los sitios de donde salían abundante humo. La primera explosión había sido en el contenedor de basura ubicado en el edificio cercano a las oficinas administrativas y el segundo, mucho más cerca de donde ellos estaban, que fue el que generó la onda expansiva que rompió los vidrios en el CIQA, La segunda explosión había sido en el contenedor más cercano.

Humm dijo Héctor… pareciera que las detonaciones solo querían generar susto… no daños a las personas ¿A eso te refieres?

—¡Exactamente!…voy a regresar al laboratorio…¿Me acompañas?

Héctor, aun un tanto pálido por el susto… dudo un poco… pero dijo — Humm… bueno vamos

Ya los pasillos de acceso al CIQA, estaban despejados… cuando estaban por llegar, se encontraron sorpresivamente con Belkys… que muy pálida. Se sorprendió al verlos. Pero luego les dijo — ¿Dónde está Roberto?…¿lo han visto? Lo he estado buscando… se me perdió con toda esta confusión…— ellos señalaron hacia la multitud abajo y ella, sin esperar más, salió casi corriendo alejándose de ellos

Héctor y Rodolfo se miraron con duda y decidieron, sin decir nada, seguir hacia la entrada del CIQA.

Al llegar, las puertas estaban abiertas y en el hall de entrada todo era un desorden de papeles en el piso y muebles fuera de su lugar.

Ambos siguieron caminando hacia los laboratorios debiendo pasar primero por la sala de reuniones…allí se quedaron sorprendidos cuando vieron tendido en piso y con la cabeza sangrante a Carlos Posada, mientras Kathy estaba inclinada sobre él.

Al verlos, ella exclamó — ¡Ayúdenme!…por favor ¡ayúdenme!

Ambos corrieron en auxilio de su compañero tendido en el piso y con ayuda de Kathy, pudieron sacarlos hacia fuera de las instalaciones.

En ese momento venia un grupo de bomberos y oficiales de seguridad del edificio, que al verlos con alguien sangrando corrieron en su ayuda. Mediante un intercomunicador dieron el parte del accidentado y pronto llegó alguien con una camilla portátil en la cual movilizaron a Carlos. Él parecía estar vivo, pero conmocionado por el golpe en la cabeza.

El oficial de seguridad interna les preguntó —¿Qué hacen aquí?… hay una orden de evacuación.. ¡Vamos! … ¡Vamos!

Kathy salió en conjunto con Carlos en la camilla y el grupo de hombres que había venido en auxilio.

Rodolfo y Héctor se encaminaban lentamente con ellos, pero en un descuido del grupo, dieron repentinamente la vuelta y regresaron nuevamente al CIQA. Allí se dirigieron a los laboratorios. Héctor se encaminó hacia sus oficinas, mientras Rodolfo se movilizó al lugar donde se realizaban las experimentaciones.

Estaba llegando cuando oyó a Héctor gritarle... — Rodolfo... tenías razón.. Se robaron los discos de las computadoras... ¡Todo fue un montaje... ¡una distracción!

Rodolfo, con el corazón que casi se le salía del pecho llegó al centro del laboratorio y comprobó lo que se temía...

¡La celda electrolítica había desaparecido¡

En ese momento, un ruido estruendoso lo aturdió, mientras sentía una ráfaga de un viento cálido que lo impulsaba al suelo. Sintió como si muchas abejas le picaran el rostro y como si un fluido caliente le caía en el cuello.

Finalmente, un tanto aturdido, sintió que lo arrastraban fuera del laboratorio.

Cuando despertó, estaba en un centro de atención médica rodeado de sus amigos. La doctora Olga tenía cara de gran preocupación... Vio hacia los lados y respiro aliviado cuando notó que Héctor estaba allí en buen estado...

Logró incorporarse justo cuando llegaba el médico.

¿Cómo se siente?... Mi evaluación médica me dice que Usted está físicamente bien ...seguramente aturdido por la explosión. Claro tiene unas escoriaciones...afortunadamente pequeñas en el cuello debido a esquirlas de cristal lanzados por la onda explosiva.

  —Bien... me siento bien — respondió Rodolfo

Al salir el doctor... sus compañeros le pidieron que descansara un rato para luego reunirse y evaluar lo ocurrido. Le informaron que Carlos, al igual que Héctor, estaban afortunadamente bien y fuera de peligro...

Jhon Díaz Barragán había tenido entre el domingo y el lunes una jornada extenuante.

Prácticamente no había dormido... pero eso no era algo nuevo para él. Parte de sus trabajos anteriores habían sido de mucho mayor presión continua y a diferencia de este trabajito... en los que le antecedieron, siempre había un grupo de pistoleros, guerrilleros, militares escoltas y gente armada con la que tenía que enfrentarse, evitar o atacar para lograr sus objetivos.

Aquí todo era más tranquilo... solo que la información a robar debía ser obtenida limpiamente.

La semana pasada había logrado precisar quién era su contacto. ¡Vaya que era muy persona muy hábil! ...pero a pesar de usar estrategias distractoras había podido identificarla. En verdad que fue una sorpresa para él... ¡Se había hecho una imagen distinta de su contacto¡

Evitó confrontarla, ya que quería que siguiera pensando que era alguien anónimo. Así él siempre tendría un pie por delante, ante cualquier situación.

Las medidas de seguridad que había colocado el tal Héctor, le habían impedido hacer hackeo de la información... así fue que se vio forzado a planificar todo lo relacionado con las explosiones. Sabía por su contacto la hora y lugar de la reunión, así que cronometro tres explosiones secuenciales...todo muy cronometrado.

La primera explosión la realizó para generar pánico y una lógica estampida. Así que ubicó los explosivos en un contenedor de basura ubicado en el extremo lejano del estacionamiento del CIQA. Tal como había previsto en ese momento se agilizarían las evacuaciones del edificio.

Por supuesto que él haría conocer previamente noticias de un atentado a las instalaciones y siendo un "funcionario" del Gobierno nacional de Bienes nacionales, convencería al Decanato de organizar, antes de que ocurrieran las explosiones, el desalojo de los edificios.

Él formaría parte de las comisiones de apoyo para este proceso, lo que le daría acceso al CIQA, con la excusa de verificar que las órdenes de evacuación se cumplieran.

Luego había planificado la segunda explosión... esta vez más cerca de los laboratorios de CIQA. Él era un experto en explosivos... había calculado el radio de daños de la onda expansiva y estaba muy seguro que difícilmente habría daños colaterales... que no fuera materiales. Esto, por un lado hacía que él cumpliera su acuerdo de no dañar a las personas... pero realmente más allá de eso, sabiendo que mucha información valiosa de la tecnología de Fusión Fría, estaba en las cabezas de Rodolfo y los investigadores,... no le convenía que en ellos se dieran bajas.

Tal como lo planificó, si con la primera detonación, el personal de CIQA no salía de las instalaciones... el segundo si lo haría.

Así fue que pudo ingresar sin ningún inconveniente y robar los discos duros de la computadora y el prototipo de la celda. Afortunadamente, se había documentado bien y sabía cuál era su objetivo y como quitarle todos los periféricos. La extracción podría hacerla fácilmente, ya que como parte del equipo que estaría ayudando a evacuar, podría colocar todo en un morral que llevaría en la espalda.

Sin embargo, siempre hay imprevistos... justo cuando estaba por salir, notó que alguien estaba entrando a las instalaciones, así que debió recurrir a la fuerza para neutralizarlo.

Era el cubano Carlos...Procuró no matarlo... rápidamente pensó, que independientemente del porqué estaba allí, al encontrarlo accidentado, seguro lo harían ver como sospechoso de estar involucrado en el robo de la información, lo cual era una excelente distracción para él.

Jhon estaba montándose en su vehículo, el cual había estacionado un tanto retirado. Colocó con cuidado el morral en el asiento trasero y estaba por encender su vehículo cuando alguien toco el vidrio de su puerta.

Inmediatamente, puso la mano izquierda en el arma automática que tenía en el bolsillo de su chaqueta y con gran calma, vio a quien estaba golpeando la ventana de su puerta. Era un guardia de seguridad de las instalaciones.

Procedió a bajar el vidrio, y a la vez observó que cerca había dos hombres más.

— Disculpe… ¿Usted se retira?.. ¿No formaba parte usted del equipo del Decanato?

— Claro que sí… Justamente debo ir con urgencia al Rectorado, para dar un informe urgente de la situación y apoyar las acciones de las autoridades. Le agradezco me ayude a facilitar mí salida — Su actitud, tono de voz y expresiones eran muy convincentes. Sin embargo, para facilitar las cosas, hizo actuar un interruptor inalámbrico que tenía en el bolsillo justo al lado de su arma.

La señal estaba asociada a otro detonante que había ubicado justo en las instalaciones de CIQA. Esto originó una tercera explosión que por supuesto distrajo a los vigilantes. Jhon aprovecho para decirles…

— ¡Vamos lléguense hasta allá!... Es posible que necesiten de su ayuda. Yo seguiré hacia el rectorado.

Jhon se alejó en su vehículo mientras pensaba

"La tercera carga explosiva… me sirvió doblemente. Originalmente quería que las instalaciones de CIQA, sufrieran un pequeño cambio de decoración que obligara a los investigadores a distraerse y retardar cualquier reactivación de sus experimentos… así como borrar cualquier huella que hubiera quedado en algunos de los dispositivos de video instalados… pero también facilitó mi salida"

Ahora, con la información del disco duro y sobre todo con el prototipo experimental de la celda, habría cumplido su misión… aunque tenía por delante algunas opciones que evaluar, pensó "Esta situación va a retardar seguramente el registro de la patente del Doctor Rodolfo lo cual hace mucho más valiosa esta información y el prototipo… definitivamente creo que voy a multiplicar por 100 el valor de mi servicios, a cambio de ella"

"Veamos cómo reacciona mi contratante"

Llegó a un estacionamiento, donde cambió de vehículo y con el morral bien resguardado se movilizó hacia otro nuevo hotel en el cual pensaba registrarse, antes de salir de la ciudad.

Se registró, utilizando una identificación falsa y luego de cancelar con efectivo, ingreso a su habitación con el morral y otros equipajes. Con cuidado revisó el estado e integridad de la celda, procedió a introducirla en una caja especial donde quedo más segura.

Luego, armó su computadora y con dispositivos especiales conectó el disco duro que había sustraído para revisar los archivos. Comprobó que toda la información estaba presente y procedió a copiarla en un dispositivo portátil y extraíble.

Posteriormente, decidió establecer contacto con su contratante. Al abrir el sistema codificado y encriptado especial vio que tenía varios mensajes de su contacto en CIQA.

Sonrió… como disfrutando de esta reacción y procedió a abrir los mensajes. En ellos había un reclamo fuerte por las acciones ocurridas. Volvió a sonreír mientras pensaba… "Claro que no te iba a decir nada… sino, no hubiera sido sorpresa".

Pero el último mensaje… le borró la sonrisa. El mensaje decía…

"Te dije desde el principio… que debíamos trabajar coordinados. Tu contratante… también es el mío. La información que te llevaste está incompleta… ¡Te lo aseguro¡… ¡Necesitas de mi¡… más ahora que pusiste en alerta máxima a los Márquez, Rodolfo y sus aliados"

"La información de que dispones, sin el complemento que yo puedo lograr vale muy poco... en cambio con mi aporte, vale muchísimo más de lo que te imaginas"

"¿Quieres que le informe eso a nuestro contratista?... No te conviene. Te propongo reunirnos esta misma noche para llegar a acuerdos... Yo sé que tú me has ubicado. ¡Así que contáctame¡"

—¡Mierda!—exclamó dando un fuerte golpe a la pared.

Pensó..."No creo que sea totalmente mentira... pero debo evaluar...La verdad es que la información fue puesta demasiado fácil... Humm... como si fuera una trampa"

Siguió pensando, "Rodolfo y su equipo... han sido muy cuidadosos y organizados. Puede ser que ellos dejaron parte de la verdad de su experimentación como un cebo.. dejando oculta información clave"

"Debo actuar en consecuencia... y sin contemplaciones.."

CAPITULO V

El Desenlace...

El lunes en la tarde ya casi anocheciendo se realizaba una reunión en la casa de los Márquez con la intención de hacer un balance de los hechos acontecidos y de las acciones que se propondrían realizar. Adicional a Rodolfo, solo estaban presentes, Ksenia, Humberto y Héctor.

¡La cara de Rodolfo era un poema! — Estoy totalmente contrariado y apenado amigos — dijo Rodolfo con una expresión facial y corporal que reflejaba impotencia, dolor y pena

— Siento que todo esto que paso en CIQA es mi culpa...Si yo no hubiera insistido en pedir su ayuda, así como en venir aquí, para seguir haciendo mis experimentaciones... esto no hubiera pasado...No me perdono el destrozo del laboratorio y el peligro que ustedes han pasado hoy... que de una forma u otra está vinculado a mi decisión de venir hasta aquí.

Ksenia casi de inmediato dijo — Nosotros sabíamos los riesgos y aceptamos vincularnos contigo Rodolfo... Además...Los destrozos no los hiciste tú, querido amigo.

La Doctora Olga, mirándolo fijamente expuso con firmeza — ¿Perdonarte?... ¡No te hubiéramos perdonado que no nos hubieras involucrado!

—Gracias... sé que lo dicen sinceramente— pero con cara de rabia e impotencia continuó — Se imaginan que esos malditos... hubieran generado un muerto... Carlos, afortunadamente esta fuera de peligro...pero se imaginan que él o cualquiera de los del equipo hubiera... ¡No quiero ni pensarlo, ni decirlo!

El doctor James que estaba muy pensativo y callado, en ese momento intervino — Entiendo tu rabia e impotencia Rodolfo.... Pero más allá de lamentarnos por nuestras decisiones, debemos pensar que vamos a hacer. Yo comparto lo expresado por Ksenia y Olga sobre nuestra determinación por involucrarnos en este trabajo que sabíamos tenía muchos riesgos... pero, en base a lo último que dijiste... creo que es cierto debemos reflexionar sobre las amenazas que seguirán sobre nosotros y nuestros allegados.

Todos centraron su mirada en él... Olga lo miraba extrañado. Sin embargo, el sin inmutarse añadió...

— Eso no quiere decir... para nada, que no sigamos en el juego... ¡No vamos a quedarnos de brazos cruzados, ni seremos intimidados!...Solo que debemos ser ahora más cautelosos.

Héctor asintiendo expuso — Yo opino lo mismo. He analizado la información que he podido recuperar del atentado explosivo de esta mañana... lamentablemente la última detonación creo que perseguía entre otras cosas, dañar los dispositivos de registro que había instalado. Pero el causante de los destrozos y del ataque a Carlos, no sabía que los equipos de grabación que había colocado estaban enviando en línea inalámbricamente la información hasta un dispositivo remoto que había instalado.

—¿ y ? , dijo Ksenia, — ¿Has podido averiguar algo?... ¿dices que era un solo atacante y que él fue el que golpeó a Carlos?

—He tenido poco tiempo para analizar todos los detalles... pero se visualiza a un solo atacante... quien ingresa, toma el disco duro y la celda... justo cuando está por salir, visualiza a Carlos y procede a golpearlo con un arma...¡Podía haberlo matado o disparado!...pero no lo hizo...

Ksenia inmediatamente reaccionó preguntando — ¿Pudiste ver la cara del atacante?.. Yo aún no me explico que hacía Carlos allí

Olga añadió con cara dubitativa — No te olvides que también Rodolfo se encontró a Kathy en el sitio… Hay muchas cosas que no cuadran…

Humberto que había estado muy callado aunque bien atento a las intervenciones opinó…

— Ustedes saben que Carlos, fue un gran compañero mío… me dolió y extrañó muchísimo su cambio de orientación política y su vinculación con intereses muy contrarios a la ideología que tanto defendía y promovía al llegar aquí a nuestro País desde Cuba… Sin embargo quiero darle el beneficio de la duda.. ¿Alguien ha podido hablar con él?… entiendo que estaba inconsciente y así fue llevado al hospital… pero ya debe estar bien.

Rodolfo respondió — Si… yo estuve atento a su salud y apenas pude, entre a su habitación para hablar con él, La verdad me extraño mucho su explicación… bueno su coartada… recuerden que está con una medida cautelar debido a las investigaciones policiales.

Todos tenían puestos sus ojos sobre él y así se vio urgido a seguir con su relato…— Él me dijo que supuestamente estaba allí… respondiendo a un mensaje texto que yo le había mandado vía telefónica… Lo curioso es que me mostró su celular …y …¡!! Si¡¡¡ había un mensaje mandado supuestamente de mi celular ..No me explico ¿Cómo?..Si yo no le envié nada

—Pude ver el mensaje en su celular que decía algo como …"Carlos te necesito con urgencia en el laboratorio… para llegar a un acuerdo contigo…¡Es urgente!… ven sólo apenas puedas".

— Lo extraño es que yo tenía mi teléfono conmigo…y como les dije…No le había escrito nada. Inmediatamente lo cheque… y no aparecía este mensaje como enviado…

—Supongo que debe haber una explicación a todo eso.. Creo que alguien que sabe mucho de tecnología está involucrada en esto…

Todos estaban sorprendidos con esa información

Héctor inmediatamente dijo — El acto de enviar un mensaje de texto que parece haber venido de otro teléfono que no es el tuyo, se lo conoce como suplantación de identidad SMS o spoofing. Se puede hacer usando páginas como AnonTxt.com, TxtDrop.com, AllFreeTexting.com, TxtEmNow.com y TextForFree.net, entre otras. Desde esas páginas puedes enviar mensajes de texto anónimos/SMS o con suplantación de identidad – spoofing - de manera… hasta gratuita.

Todos estaban estupefactos…como diciéndose "!La tecnología… puede ser una trampa¡"

Lo otro es…— dijo Héctor dubitativo —… ¿recuerdas que alguien haya estado en algún momento con tu celular?.. ¿lo prestaste a alguien?…¿lo dejaste sólo en algún momento?

Rodolfo… se quedó pensando…— Si puede haber sido— y sin pensar mucho lo que estaba diciendo simplemente al recordar que había estado, la noche anterior al atentado, con Kathy dijo… —Hummm… la noche anterior cuando nos levantamos en el hotel… por un rato no encontré mi celular…

—¿Nos levantamos?… — dijo Humberto con una sonrisa pícara… — Eso suena a rebaño…más de uno —

Rodolfo… puso cara de habérsele soltado la lengua sin querer… pero internamente pensaba "La verdad es que Kathy siempre que ha estado en mi habitación, actuó como una Mata Hari… como si fuera una espía… No dejo de pensar que ella estaba sobre Carlos cuando estaba herido en el piso, como registrándole los bolsillos…justo cuando los encontré en el laboratorio.

Héctor ante la situación que evidentemente había perturbado a su amigo dijo — Tranquilo Rodolfo, pudo existir muchas formas de haber utilizado tu teléfono, o tu número… la pregunta… es ¿Por qué haría presencia Carlos en ese momento?, o sería que alguien quería involucrarlo…

—y Kathy… —— insistió Olga —¿Qué hacia ella allí?…

— Si dijo Héctor — Yo pude ver en el video, que ella al ver a Carlos en el piso, corrió hacia él y empezó a tratar de reanimarlo... curiosamente también estaba revisando sus bolsillos...como si buscara algo.

Allí intervino Humberto. — No quiero pasar por chismoso, pero Yo sé que Kathy y Carlos mantienen una relación muy estre-cha. Ellos para mi estaban tramando algo juntos... ¿Ella...por cas-ualidad... no ha intentado acercarse a ti...Rodolfo?

Rodolfo... levantó las cejas y puso una expresión de...¡Cómo te explico!.

En ese momento intervino el Doctor James quien puntualizó — Bueno creo que hay muchas cosas por aclarar...ahora hay algo que Yo quiero decirles...amigos... creo que es más importante que lo que estamos conversando...

Todos los miraban con atención

— Pienso que por supuesto debemos estar mucho más cautelo-sos... y lamentablemente de personas cercanas a nosotros como Carlos, Kathy y también Felipe y Belkys, que como ustedes saben también misteriosamente desaparecieron por un tiempo, justo luego de las detonaciones. Por eso...Ellos no están en esta re-unión.

— Sin embargo, debemos seguir con nuestro Plan de proteger el desarrollo tecnológico de Fusión Fría...que se ha logrado por fin exitosamente desarrollar. Quizás Ustedes no lo saben con det-alle, pero los documentos robados en el disco duro y la celda... son como un rompecabezas al que le faltan partes importantes. Nosotros habíamos previsto que podían intentarse apoderarse de ellos. Así que la información del disco duro es incompleta y Ro-dolfo... había, a propósito, cambiado los electrodos de la celda. ¡Estos están a buen resguardo!

—La idea es que los ladrones se lleven un chasco y que actuaran... para así nosotros intentar descubrirlos...

—¡Qué bueno! —dijeron Humberto y Ksenia casi al unísono.

—¡Claro…nunca esperamos un acción tan explosiva! — dijo Rodolfo

— Ahora… creo que debemos cubrir a Rodolfo, para que él vaya hasta la Capital y proceda a hacer la Patente…pensamos que Humberto debería acompañarlo, ya que él se mueve muy bien en las instancias de Gobierno. — dijo la profesora Olga

— Eso… — hacia allá iba mi propuesta — dijo el doctor James. El o los mercenarios… deben estar tratando de vender lo robado…mientras tanto nosotros… estaremos salvaguardando el desarrollo. Así que los que nos quedemos aquí, debemos… primero, estar atentos para tratar de desenmascarar a los pillos que están infiltrados y segundo actuar muy apesadumbrados, por qué supuestamente, se robaron o atrasaron nuestra investigación…. ¿Les parece?

Todos asintieron en señal de acuerdo

Rodolfo finalmente dijo —De todas maneras, entendiendo que estamos sujetos a personas inescrupulosas que solo quieren nuestro desarrollo para hacer negocio…Yo tengo un as bajo la manga que quiero socializar con Ustedes. No sé si saben que existe una especie de red de "fusioneros"… profesionales o técnicos e innovadores, que están continuamente vía las redes sociales mostrando sus propuestas y desarrollo que realizan en materia de fusión fría.

Todos le seguían atentamente.

— Yo tengo un archivo con todos los detalles que permitirían a alguien realizar nuestros experimentos…Si veo que estamos en riesgo personal, o de chantaje mediante violencia o amenaza. Le daría una instrucción a Héctor para que divulgue toda esa información al mundo… a través de esta red mundial de "fusioneros"… Así, no habría motivos o razones para que alguien siga atentando contra nosotros… Eso por un lado y por otro estaríamos socializando un desarrollo que puede cambiar al mundo hacia una energía limpia y económica… ¿les parece?

—Todos asintieron en silencio. Humberto mostraba cara de preocupación y los demás estaban muy pensativos.

◆ ◆ ◆

Jhon Díaz Barragán, se estaba preparando en su habitación del
hotel para dirigía hacia el lugar donde había quedado de encon-
trase con su contacto. Había estado usando su computadora para
verificar que su contacto, estaba de acuerdo con sus condiciones.

Más temprano habían estado intercambiando información por
mensajes cifrados, donde le planteaban a él, la exigencia de un
millón de dólares por la información adicional que completaba
todo lo relativo a la tecnología de Fusión Fría.

La propuesta era que el cliente, le garantizará ese desembolso en
una cuenta de las Islas Caimán. Le decían que él podía solicitar un
monto similar, o superior… siendo responsable de la entrega del
prototipo y los detalles técnicos de los electrodos, a cambio de
las transferencias… También le decían que podía igualmente con-
siderar venderla a cualquier otro interesados… quizás haciendo
una subasta.

Pensaba Jhon "Humm… Parecía que se adelantaban a su intención
o que pensaban igual que él…Por lo visto, los científicos también
pueden ser unos mercenarios y negociantes"…

"La situación era… ¿Cómo estar seguro de que la información
que le estaban proporcionando era fiable y la realmente correcta?…Los científicos eran ellos… ¡Claro él se había empapado de
todo lo relativo a la tecnología… pero no era un electroquímico!

Estaba sumido en sus pensamiento y enviándole una respuesta a
su contacto … cuando tocaron la puerta diciendo..

—Atención de habitación.. Están aquí sus toallas

Un tanto mal humorado por la interrupción, se colocó un cubre bocas que era parte del protocolo de bioseguridad por la Pandemia del Covid y fue a abrir la puerta para recibir las toallas. Cuando abrió estaba a mucama con las toallas en sus brazos. Ella tenía un cubre bocas y un gorro protector, que ocultaba sus rasgos.

Se acercó a tomar las toallas. En el momento que toco las toallas, sintió una fuerte descarga eléctrica en sus brazos, que lo impulso hacia dentro derribándolo al piso.

La mujer entró y volvió a usar una especie de pistola de descarga eléctrica en su espalda, como para cerciorarse que estaba dejándolo inconsciente. Luego, con cierto nerviosismo, miro hacia la puerta se acercó para mirar pasillo, como para verificar que nadie había sido testigo de lo ocurrido.

La mujer entró trancando la puerta y procedió a colocarle a Jhon, en los pies y manos, una cinta plástica tipo Tirrap, para asegurarse que estuviera inmovilizado. Luego empezó a registra la habitación, hasta que descubrió el maletín donde estaba el prototipo de celda, así como el disco duro y el disco flexible con información. Igualmente tomó la computadora portátil.

Dejo una nota y un disco tipo CD, en una mesita de la habitación y luego con las manos enguantadas, tomó el celular de Jhon y procedió a realizar una llamada…

— Estoy llamando del Hotel "Montaña Alta" … habitación 150… Aquí, encontraran al responsable de los atentados al Centro Universitario y de Investigación CIQA…

Luego de eso colgó y ya saliendo, se detuvo un poco para ver a Jhon aun aturdido por la descarga eléctrica y le dijo en voz baja — La inteligencia y la ciencia puede a veces… mucho más que la fuerza. Seguramente no sabías que podía rastrearte, a través de los mensajes… a pesar de que los tenías codificados y encriptados… Hoy la tecnología puede hacer de todo… ¿acaso no te distes cuenta de que te mandaba mensajes y mensajes? …y tú de tonto, me respondías...mientras yo te rastreaba..

Luego procedió a salir rápidamente.

Humberto, muy de madrugada había pasado buscando a Rodolfo, por su Hotel, la idea era que se fueran temprano al aéreo puerto para salir hacia la capital, donde tendrían reuniones en las oficinas de registro de propiedad intelectual.

Él lo debería estar esperando en su hotel, con todo listo para salir. Al llegar a la recepción dijo que subiría a buscar a su compañero para ayudarlo con las maletas.

Subió hasta el piso 2 y llego hasta la puerta de la habitación y procedió a tocar la puerta

—Rodolfo, es Humberto...¿estás listo?

La puerta se abrió y salió Rodolfo, con una toalla de baño en su cintura y con el pelo húmedo y despeinado.

— Humberto...pasa. Disculpa, creo que llegas temprano. Siéntate...mientras yo termino de arreglarme.

Humberto le respondió — No hermano... yo bajare al cafetín para tomarme un café... Tranquilo, estamos a tiempo... a mí me gusta siempre estar antes por cualquier eventualidad...— ya saliendo, viendo que su amigo lo había recibido sin mascarilla le comento —Otra cosa... usa tu mascarilla.

Dicho esto salió trancando la puerta de la habitación y procedió a bajar usando las escaleras.

Ya casi saliendo se topó con una mucama, a quien saludo inclinado la cabeza

—Buenos días... Con permiso —

La mucama con mascarilla y gorro lo vio y respondió

—Buenos días... ¿todo bien?

—Si —respondió él mientras avanzaba hacia el cafetín

La mujer lo siguió con su mirada y cuando comprobó que había bajado las escaleras, continuó avanzando con lentitud empujando un carrito lleno de toallas, y suministros para las habitaciones. Al llegar a la habitación de Rodolfo, tocó la puerta...

Dentro Rodolfo estaba muy apresurado, ya con los pantalones y camisa puestas culminando de peinarse, sobre la cama tenía su chaqueta un bolso de viaje y un maletín ejecutivo.

— Ya voy Humberto... seguro que el cafetín a esta hora está cerrado — dijo levantado el tono de voz mientras se aproximada, se ponía la mascarilla y abría la puerta.

Fue recibido por una mucama quién con una pistola eléctrica le aplicó una descarga eléctrica en el cuello.

Rodolfo cayó fulminado en el piso de su habitación convulsionando, mientras ella entraba y trancaba la puerta. Le aplicó otra descarga eléctrica y avanzó hacia la habitación.

Procedió a empezar a abrir y revisar el maletín, y lego de comprobar lo que estaba en su interior...esbozó una sonrisa de triunfo... al visualizar varios documentos y un dispositivo de almacenamiento, el cual tomó y lo insertó en una tablet que sacó de su bolso.

Su sonrisa se amplió cuando vio rápidamente el contenido almacenado. Estaba ya por salir cuando repentinamente se abrió la puerta de la habitación y entró Humberto.

La mujer, al verlo, dijo...¡Pensé que no ibas a llegar nunca!... mientras se acercaba y lo besaba.

— Kathy amor...¿Revisaste. el maletín? ¿Está la información? — dijo él

— Si... claro que si... Esto fue un tiro al piso .. Ahora, —le dijo mostrándole la pistola de descarga eléctrica...—!Te toca a ti¡

—¡Mierda!... ¿Tenemos que hacer esto?.. No podemos simularlo... simplemente

— Claro que no — le dijo ella.. — La pondré en baja carga... pero para que sea creíble... debes tener al menos una quemadura en la piel... ¡Vamos!...debemos apurarnos — le dijo enseñando con un gesto a Rodolfo...

Ella lo llevó a la entrada de la habitación y le dijo —La idea sería simular que tú estabas entrando a la habitación cuando también recibiste una descarga.

Justo en el momento en que ellos simulaban su coartada, la puerta de la habitación se abrió con violencia mientras entraban unos agentes uniformados..

—Alto...deténganse...en el acto — los uniformados estaba armados y les apuntaban .. detrás de ellos estaban Héctor y el doctor James, con cara de preocupación y alerta... tratando de mirar hacia Rodolfo Castello...

—¡Mierda...mierda... mierda¡ — dijo Kathy soltando al piso la pistola de descarga mientras levantaba las manos

—¡Deténganla!... ella estaba a punto de atacarme y ya lo hizo con mi amigo... —dijo Humberto

 Kathy se volteó furiosa contra él y procedió de manera violenta a atacarlo gritándole —¡Maldito.. eres un maldito! —

—Nos les dije....— Dijo Humberto... tratando de defenderse y con una cara de súplica en la cara.. —¡Esta Loca¡ ...lo que le falta es decir que yo soy su cómplice...

Mientras sacaban a Kathy que gritaba como loca — ¡Te voy a matar!... Humberto ...¿Eres una mierda¡

Humberto decía — Óiganla... óiganla...Ustedes son testigos... Esta mujer es peligrosa y... ¡Está loca¡.

Rápidamente los uniformados lograron controlar la situación separándolos y poniéndoles esposas.... Mientras en paralelo Héctor y un paramédico, procedía a revisar a Rodolfo Castello... quien estaba al fin reaccionando.

—Esta bien... solo esta aturdido por la descarga eléctrica —dijo el paramédico a Héctor y al doctor James... quienes respiraron

Mientras tanto Humberto, gritaba... ¿Qué pasa?... ¿porque me detienen?... Yo no tengo nada que ver.. ¡Doctor James!.. Ayúdenme... dígales quien soy...

Ya saliendo, Rodolfo, que se estaba incorporando, adolorido por la descarga.. señaló a Héctor hacia su celular...

Este fue hasta el equipo que estaba curiosamente ubicado en un sitio estratégico y al verlo, entendió... Rodolfo, no solo les había avisado de la llegada de Humberto muy temprano... sino que había colocado su teléfono grabando video del cuarto de su habitación... así que se había registrado todo lo que allí había ocurrido.

Rápidamente revisó el video y logró ver la relación entre Kathy y Humberto, justo luego del ataque a Rodolfo...Así que procedió a mostrárselo al Dr. James y al dirigente de los oficiales...

—¡Humberto estaba bien comprometido¡..

Héctor le dijo al Oficial a cargo —Esto como nosotros le habíamos dicho, lo habíamos sospechado y analizado, los doctores Márquez, Rodolfo Castello y mi persona. Hubo varias pistas que nos hicieron dudar no solo de Kathy... sino de él

La insistencia constante de Humberto en señalar a otras personas... La fuga de información en reuniones en la cual él solo había estado presente... Su revisión periódica de nuestros archivos digitales...

El oficial les dijo — Necesitaré todas esas evidencias para poder establecer cargos contra él…Quiero que Ustedes lleven al Doctor Rodolfo a dar declaraciones, apenas se recupere…por favor…

◆ ◆ ◆

Las semanas siguientes al atentado de Kathy y Humberto contra Rodolfo Castello para robar toda la información de la patente, fueron muy movidas para Rodolfo Castello y sus amigos del DIQA.

Fue triste tener que declarar contra personas en quien habían confiado muchísimo pero ellos habían actuado de muy mala fe y pusieron en peligro a todos, ya que como se puedo demostrar, habían estado relacionados con la contratación del mercenario llamado Jhon Díaz Barragán. El cual había realizado los atentados explosivos en la sede de DIQA y en las instalaciones de la Universidad. Esos actos habían sido declarados por las autoridades como Terrorismo.

El contratante externo, no fue posible ser precisado, se sabía que era alguien de muy alto peso en los Estados Unidos, que logró camuflar muy bien su ubicación.

Por supuesto, que el desarrollo tecnológico que el equipo decidió llamar "Fusión Atómica Liberadora "Simón Bolívar"… fue patentada con éxito. Los contactos con el Gobierno Venezolano se realizaron para garantizar que los equipos de Ciencia y tecnología, fortalecieran y recuperaran las instalaciones del CIQA, así como establecer alianzas estratégicas con instituciones como "La Fundación Instituto de Ingeniería", adscrita al Ministerio de Ciencia y Tecnología y las facultades de las Universidades para concretar prototipos de uso aplicado. Igualmente para articular con muchas corporaciones extranjeras que ya solicitaban el uso de la patente.

Los integrantes del equipo, excluyendo por supuesto a Humberto y a Kathy, se volvieron embajadores científicos que a nivel nacional y mundial, empezaron a promover la tecnología,

Solo un año después, los carros, aviones, y múltiples equipos que funcionaba con agua de mar... pasaron a ser ya una realidad... La celda de Fusión Fría diseñada, fue muy fácil de incorporar a múltiples equipos y particularmente la integración de esa fuente de energía a los equipos de Inteligencia artificial fue algo impactante. Los robots adquieren un alto nivel de autonomía y así la IAG se impulsó en mucho mayor medida.

¡La tecnología "Fusión Atómica Liberadora "Simón Bolívar", impulsó una revolución tecnológica que estaba en desarrollo ya¡

Por supuesto, las grandes corporaciones, siempre buscaron una vuelta para adecuarse y ponerle la mano a ella y con algunas modificaciones presentarla como de su dominio. A pesar de todas las batallas legales realizadas.

Así que finalmente, Rodolfo Castello y su equipo decidió divulgar vía digital al mundo todos los secretos para que esa tecnología fuera realmente Liberadora.

- FIN -

ABOUT THE AUTHOR

Rudy Rafael Castillo Mirabal

Rudy Rafael Castillo Mirabal Nacido en el Tigre, Estado Anzoátegui, Venezuela un 25 de Mayo de 1955. Es Ingeniero Metalúrgico, especialista, MSc y PhD con gran experiencia profesional como docente de Pre y Postgrado e investigador y trabajador en empresas Industriales llegando a ocupar diferentes cargos en Gerencia Educativa e Industrial. Es Autor del libro "Electroquímica Aplicada", (ISBN 980-6400-00-3) y Director fundador de la Revista "Universidad, Ciencia y Tecnología" la cual esta indexada a nivel nacional e internacional y tiene 25 años de edición sin interrupción.

Ya jubilado, en el año 2018 se traslada a Quito, Ecuador, donde desde diciembre de 2019 ,con apoyo de su esposa, se ha dedicado a escribir libros de recreación, llevando ya varios títulos entre los que destacan: "Operación Huracán", (ISBN: 9798686348103).; "Los Príncipes Valientes", (ISBN 979869158678), "Los Cuentos del Abuelo", (ISBN 9798550988329); "La Conspiración para un nuevo orden mundial", (ISBN: 9798550062821), "Navegando en la Historia de mis Ancestros", la cual es una saga de tres historias basada en la vivencia de sus antepasados así como varias historias y cuentos cortos.

Es firme en ratificar que: "Todos los días se aprende algo nuevo" y que "Se puede renacer cada día". Es factible con optimismo, siendo positivos y con el aprendizaje constante de todos y de todo concentrase en un trabajo creador para con toda la potencialidad de la naturaleza, enfrentar las adversidades que se pueden convertir en oportunidades.

BOOKS BY THIS AUTHOR

Operación Huracán

"Intriga y Acción en un Paraíso Tropical"

Novela de Acción, donde una valiente mujer y un arriesgado detective luchan contra Mafias políticas y del Narcotráfico en un lugar paradisiaco que es utilizado para ocultar negocios fraudulentos
En las Regiones de Puerto Rico de "Rio Grande" llenos de recintos enigmáticos, cuevas misteriosas y parques lluviosos y el archipiélago de "La Culebra" conocido por sus playas insuperables por sus aguas transparentes y arenas blanquísimas sede de uno de los balnearios más hermosos del mundo y por ser un lugar el cual fue utilizado por el ejército de los EEUU como campo de tiro y de prueba de armas bélicas, se desarrolla esta historia de acción en donde una joven y un detective se enfrentan a un grupo mafioso de narcotraficantes apoyados por personajes estratégicamente ubicados en altas esferas políticas.

Los Principes Valientes

"Acción y Fantasía en un Cuento de Abuelos"

Novela de Acción y fantasía, donde se demuestra que la fe, la valentía y el trabajo en equipo, les da la fuerza a unos jóvenes para vincular a todo su pueblo, proteger la libertad y propiciar el bien de todo el reino.
Los príncipes Rudy, Francisco y Anya Isabella, son apoyados prin-

cipalmente por su Abuelo y los espíritus protectores del bosque para consolidar un equipo de valientes niños que intentan luchar contra las malvadas intensiones del Rey Bárbaro Gerón y de su hija Orah, quien convertida en sacerdotisa de un malvado Dios, manipulan a grandes reptiles, animales ponzoñosos, mercenarios, piratas y otros villanos malvados, que buscan invadir y colonizar su reino.

Los jóvenes desarrollarán habilidades en defensa personal, técnicas de camuflaje y aprenden con sus flechas de fuego a neutralizar a peligrosos dragones, y canalizar el poder del "Fuego griego". Juntos vivirán episodios epopéyicos en defensa de la libertad de todo un pueblo.

¡Una historia de aventura que demuestra la fuerza del amor!

La Conspiracion Para Un Nuevo Orden Mundial

"Una historia que vislumbra el futuro cercano"

¡La Conspiración que persigue un Nuevo Orden Mundial!

El extraño e inesperado asesinato de un Investigador de una gran Corporación Farmacéutica que trabaja en la carrera por el desarrollo de una vacuna desencadena una trama de intrigas que pone al descubierto las acciones encubiertas y en conflicto de varias poderosas agencias de inteligencia, hackers, mercenarios, grupos económicos, políticos y militares que por un lado protegen y por otro lado intentan apoderarse de información encriptada con secretos biotecnológicos relacionados con los resultados de la manipulación genética y nanotecnología que propició la creación de la Pandemia del COVID 19.

Toda estos eventos, involucran a jóvenes estudiantes que realizan un trabajo de grado con la tecnología 5G, las cuales se ven inmersas sin querer en una secuencia de asesinatos y atentados quienes terminan relacionándose con agrupaciones científicas y ambientalistas que buscan desenmascarar a quienes durante años han estado haciendo experimentación e investigaciones para lograr poderosas armas biotecnológicas. Detrás del telón se desdibujan actores que como titiriteros van cumpliendo los lineamientos, planes y estrategias de una élite mundial que favorece y direcciona estas acciones encubiertas para lograr establecer un Nuevo Orden Mundial.

¡Sumérgete en una realidad factible que implica una Nueva Era!

Los Cuentos Del Abuelo

"Historias ingenuas y de tradición familiar"

Una Recreación basada en las historias ingenuas de un abuelo nacido a finales del siglo XIX, que sus nietos disfrutaron al máximo de pequeños y que ya de adultos siguiendo la tradición contaron a sus hijos y a sus nietos.

En épocas sin tanta tecnología, en las noche, los abuelos normalmente ya más despreocupados, alegres y afables procedían a contarles cuentos a sus nietos que causaban en personas con gran imaginación, como la que normalmente tienen los niños, toda clase de fantasías. Así en sus mentes visualizaban y armaban todos los detalles de sus relatos a medida que las escuchaban.

Estos relatos fueron transcritos y digitalizados con la finalidad de que sean disfrutadas por otros niños y no tan niños.

Los cuentos ingenuos de "Mamá Vaca", "Llevado por la hormigas", así como las tradicionales historias del pícaro Tío Conejo no podían faltar. Así como las adaptaciones de cuentos europeos que se contaban a los criollos latinoamericanos como son "Los tres hermanos", "Onza Tigre y León" y "Chiriquitilla".

Navegando En La Historia De Mis Ancestros

"Antología de inmigrantes – Emigrantes"

Definitivamente la vida es un "ir y venir " en un amasijo de emociones, de sueños y realidades, de luchas, derrotas y victorias. Si asumimos nuestro andar y el de nuestros seres queridos, como un libro, donde quedan impresas todas y cada una de nuestras huellas durante ese caminar y si logramos tener cierto habito de revisar este escrito, - lleno de alegrías, miedos, tristezas, anhelos, sueños truncos, sueños cumplidos, errores y aciertos - tendremos, siendo reflexivos y analíticos, uno de los mejores textos para nuestro aprendizaje.

Bastará con mirar hacia atrás unos segundos, horas y años en el transcurrir de la vida de nuestros antepasados y de nosotros mismos para reafirmar que nuestras acciones tienen consecuencias, de las cuales deberíamos tomar conciencia y aprender.

Los venezolanos somos un crisol de cultura, ya que esta "Tierra de Gracia" fue un horizonte que muchos inmigrantes se fijaron para establecerse, luego de la colonización por el imperio español en el siglo XVIII y finalizada la guerra de Independencia iniciada por el Generalísimo Francisco de Miranda y consolidada por el Gran Simón Bolívar "Libertador de cinco naciones". Así que en Venezuela, fruto de la mezcla de indígenas, colonizadores, criollos, esclavos y de inmigrantes surgió contradictoriamente un Pueblo pobre en una Tierra llena de grandes riquezas naturales. Esa mezcla genética y cultural que surgió sin ningún plan ni organización, lógicamente dio paso a generaciones consecutivas que guerra tras guerra, caudillo tras caudillo y colonizador tras colonizador fue avanzando al garete cambiando contantemente de dirección.

Pero en ese navegar por la historia, a pesar de andar sin una brújula fiel y expuestos a piratas, explotadores y poderes imperiales, se ha demostrado que contra viento y marea hemos logrado sobrevivir y demostrar que somos de una calidad humana impresionante y de un talento y potencialidad que como un diamante bruto al ser tallados brillamos con gran esplendor, no por las riquezas de nuestro suelo sino por nuestra herencia genética.

¡La historia de los Mirabal, Castillo y Camacho, que son una muestra de familias Venezolanas, así lo demuestran!